# 雨润秋气清

胡安品◎著

时代出版传媒股份有限公司
安徽文艺出版社

图书在版编目（ＣＩＰ）数据

雨润秋气清/胡安品著. —合肥：安徽文艺出版社,2018.12
（2023.4 重印）
ISBN 978-7-5396-6525-2

Ⅰ. ①雨… Ⅱ. ①胡… Ⅲ. ①散文集－中国－当代②
诗集－中国－当代 Ⅳ. ①I217.2

中国版本图书馆 CIP 数据核字(2018)第 270079 号

出 版 人：姚 巍
责任编辑：张 磊　　　　　　　　装帧设计：褚 琦
..................................................................................
出版发行：安徽文艺出版社　　www.awpub.com
地　　址：合肥市翡翠路 1118 号　　邮政编码：230071
营 销 部：(0551)63533889
印　　制：山东百润本色印刷有限公司　　(0635)3962683
..................................................................................
开本：710×1010　1/16　印张：12.75　字数：200 千字
版次：2018 年 12 月第 1 版
印次：2023 年 4 月第 2 次印刷
定价：49.80 元
..................................................................................

# 活着的三重境界

老叶集镇内没有四通八达的大道，只有一条五里长街，以十字街为中心，分为北街和南街。20世纪之初，叶集文化名人韦素园、韦丛芜、李霁野几个人的家都在北街，台静农的家在南街。这四个人，在叶集明强学校读完了小学后，分别到阜阳、武汉等地念中学，之后齐聚北京，1925年追随鲁迅先生，办起了"未名社"。"未名社"是个进步的文学社团，存在的八年间出版了《莽原》半月刊48期，《未名》半月刊32期，并印行了包括鲁迅的散文集《朝花夕拾》、杂文集《坟》在内的几十种原创文学和翻译文学图书，在中国现代文学史上留下了深深的印迹。而"未名社"的六个成员中就有四个，即前文所述韦素园、韦丛芜、李霁野、台静农，是从叶集小镇的街巷中走出来的。

胡安品先生的老家在叶集北街，如果他早出生50年，那他跟二韦和李霁野是邻居，也可能会是同学和朋友。叶集是个人杰地灵的地方，听的是大别山的歌，饮的史河里的水，叶集的文韵源远流长。"未名四杰"在他们的年代里，都写出"相当可看的作品"（鲁迅语），台静农的《地之子》《建塔者》，韦丛芜的《君山》《冰块》以及韦素园、李霁野的翻译和创作作品，都是中国文库中的珍贵篇章。台静农还是国内外极具影响的书画大师。叶集老街，是个出人才的地方。

在叶集深厚的文化底蕴浸染之下的胡安品先生，自幼受家庭熏陶，喜爱书法，几十年来，秉行"走正路、敛内力、结诤友、追化境"十二字曲径，坚持练习书法，临习过楷、行、隶、篆、草各种帖本，逐步形成了自己的艺术风格。

胡安品出生于20世纪50年代，是共和国的同龄人。他读过书、参过军、务过农、做过行政干部，青壮年时代，吃过很多苦，历经各种磨难。他为人正直，做事勤谨，阅历丰富。这些都是成就他人生的不可或缺的因素。他是叶集小镇走出来的优秀子弟。

胡安品在部队三十年，转业的时候已近知命之年，之后一直在寿州工作。很早就听说过他，但我们第一次相见是在2012年。农历六月份，一年中最炎热的日子，《未名文艺》编辑一行驱车一百多公里赶赴寿州，去拜访这位前辈和乡贤。胡安品先生瘦高，清癯，性格偏静，语声徐缓，他虽军人出身，却更多地具有文人气质。他是一位书法家，寿州城内很多地方都有胡先生的墨宝。他带我们游览了文庙，参观了博物馆，品尝了美味的八公山豆腐，一路领略古城古韵，畅叙书法诗文，感受浓浓的乡谊乡情。

寿州之行，收获了胡安品先生对《未名文艺》办刊提出的宝贵意见和建议，也收获了他给我题写的书宅号"博敏斋"。之后，与胡老师交往多起来，他经常给家乡杂志支持稿件，才知道他不仅字写得好，文章也颇有意韵。现在，他把积累的一些诗文收集起来，准备出一本集子。我有幸提前看到了这部文稿——《雨润秋气清》，这个书名充满了浓厚的文学气息，足见先生骨子里的文人情怀。

《雨润秋气清》汇集了胡安品先生的诗文约100篇(首)，分为四辑：四海澄清、人生化理、艺林养真、低吟浅唱。这些篇章里有胡安品先生旅行的脚步，对世界的思考，对艺术的真知，对自然、社会、人生多方面的探索、领悟和陈述。一个人的工作可以退休，但他的生命态度，他的艺术追求永不会退休，不仅不会退休，反而因为拥有了充裕的时间而更加蓬勃。

最美不过夕阳红，温馨又从容，夕阳是晚开的花，夕阳是陈年的酒。胡安品先生的退休生活，活出了健康，活出了品味，活出了气韵，活出了风骨，不仅有温馨和从容，更有价值和成就。这样的人生，我归纳为活着的三种姿态，或者叫三重境界：生活的境界、书法的境界、文学的境界。

# 一、生活的境界

胡安品的人生，他自己曾喻为"江流曲似九回肠"，两度生死，两度从军，两度婚姻。高中时下乡插队做了农民，"难得书生知稼穑"；部队提干时因为成分饱受折腾，难忘"雨余秋气清"……共和国成长发展的所有曲折，他都一一经历。岁月荏苒，人生匆匆，倏忽间，已至古稀之年，"春华夏荣的年华已去，人生逢秋时，由于盛年以忙碌为第一要务，疲积愈累换来了亚健康的身心，才知道养生该提上日程了"。胡老年轻时一心忙事业：三十年部队生活，忙！十几载地方为官，忙！终于可以休息了，终于可以支配自己的时间了，怎么样才能生活得更好，老先生总结出了自己的一套养生理念。

记得那年我们去寿州看望他的时候，就跟我们说过，他坚持晨练，绕城而走，一圈下来大约十里，一个多小时，日日如此。其有诗曰："每朝十里行，情注诗书文。堂前弄蔬草，物外得清平。常使经络活，谙通膳食经。淡然享天年，永葆精气神。"胡安品先生家有个小院子，院子前后有蔬菜，有果树，还有竹子。古人云："宁可食无肉，不可居无竹。"古代文人喜欢与竹相伴，竹是节操，竹是格调，竹是风骨，有竹的居室是雅居，有竹的文人是雅士。从先秦能安邦的君子，到魏晋著名的七贤，再到踌躇满志的李白，是一线有意思的文脉。观念中，总有那么一些人，他们的故事与竹林密切地联系在一起。他们的身份和时代各不相同，但一旦和竹子有了某种关联，便给人以"人中佼佼"之感。胡安品先生把自己的家打造成一个绿色的乐园，春有花，秋有果，四季有蔬菜，既能食用，又赏心悦目，怡养精神。他谙熟养生之道，舒经活络，膳食均衡；他堂前弄蔬草，怡情修书文；他清平在物外，天年有淡心。"鸡鸣犬吠猫戏竹，鸟啼蜂喧梅衔雪。榴红柿翠满庭艳，蔬俏瓜鲜一垄偕。"这是胡安品先生的理想，也是他的现实，他在俗世的生活中过出了不俗的境界。

胡安品对于养生，已形成了自己的一套理论。诸如，养生在于多方位，养生在于恒心和耐力，养生得从容一点，潇洒一点，开朗一点，明智一点，随和一点，放松一点，淡泊一点，想开一点，一点一点积攒出常乐和康泰。工作时活出工作的状态，退休后活出退休的精彩，这是相当不容易。记得我公公退休的时候，突然从繁忙中沉寂下来，没有及时调整好心态，也没有什么爱好，一下子适应不了了，他百无聊赖，情绪低落，精神萎靡，人一下子瘦了许多，也老了许多。婆婆是个家庭妇女，没有退休这一程，所以她很想不通：以前忙得连轴转，天天盼周末、盼假日，现在终于可以好好休息了，又苦快快的，哪哪都不得劲。婆婆不明白为什么一日日繁忙，还红光满面，精神焕发，休养在家中，端吃端喝，反倒憔悴消瘦？我公公只是一个例子。这种"退休综合征"是一种比较普遍的现象，而胡安品先生却把退休生活过得像花儿一样。

"练书法悬腕伸腰，写诗文不用电脑。常骑车安然便捷，快步走辅加慢跑。

寡思虑心清气爽,每餐食七分为好。结挚友三二即可,积健康不攒疲劳。"这是胡安品生活的写照,健康、随意、丰富、充实。难怪见过胡安品先生的人,都会感叹他的身体好棒,像个年轻的小伙子!他的另一首诗歌,也是最好的注解:"一度春风一岁流,平生甘苦伴白头。留得潇然神韵在,炳心如月焕清秋。"

## 二、书法的境界

"博敏斋"三个字是胡安品老师于2012年给我题写的斋号,一直悬挂于我的书房,每天都能看见。

胡先生的字非常有功底,几十年钻研和临摹,得楷、行、隶、篆、草各种书体之神韵,"采众长气达天敏,把凝练的个性注入笔端"。他的字,在楷书的功底中融入了隶书和魏碑的特色,自成一家,自成风格。他的字,有山的奇崛,有水的清雅,有云的飘逸,有土的踏实。

胡安品老师不仅字写得好,在书法理论方面,也有很深入的研究,很独到的见解。我是书法的外行,文章写得多,字没有苦练过。最近看了安品先生的几篇"艺术养真"的文章,也颇受教益。

胡安品先生探讨书法的文章很多,比如《浅议中国书法的发展机缘》《功深则意遂》《探究万物,触类旁通》《书迹是心迹的点绘》《书法之妙得之内养》《浅议书法的外功》等,可以看出他在书法上的内力和素养。胡老师强调内修和外功,强调书法和生活的关系,强调人品对于书品的影响。现代著名书家林散之先生说:"学字就是做人,字如其人。"文章也好,书法也好,它外在的呈现形式,是内心世界的一种反射,什么样的人,做什么样的文;什么样的人,写什么样的字。人做好了,才能到达艺术的化境,这是一种普遍的真理。胡安品先生对艺术的追求,对人生品质的追求,是成就他的字品和艺品的基石,是令人敬畏的。

记得小时候看过一本书,其中有一段记忆尤深。说怀素和尚练字非常刻苦,因为买不起纸张就在木板和圆盘上涂上白漆书写,但漆滑不易着字,他就另想办法,在寺院附近的一块荒地上种植许多芭蕉树,在芭蕉叶上写字,坚持不懈。但有些字的神韵总是达不到,总是写不到令自己满意。一个偶然的机会,他看到了公孙大娘舞剑,舞剑的进击停顿,激越舒缓,舞剑的节奏韵律,婉转回旋,给了他很大启示,他细心揣摩很久,终于把"剑理"运用到"书理"之中,遂大为长进,终成大家,成为草书中难以逾越的一座高峰。

怀素善于从其他艺术门类中吸收营养,成为一段历史佳话。梁武帝萧衍在他的《草书状》一文中,对书法之于万物的通融,也有过精彩的描写:"疾若惊蛇之失道,退若渌水之徘徊,缓则鸦行,急则鹊厉,抽如雉啄,点如兔掷……乍住乍引,任意所为,或粗或细,随意运奇,风集水散,风回电驰。粗而有筋,似蒲萄之蔓延,女萝之繁萦,泽蛟之相绞,山熊之对争。若举翅而不飞,欲走而还停,状云山之有玄云,何汉之有列星。"走笔快的时候要像受惊的蛇疾驰而过,慢的时候要像在水岸缠绵徘徊……该粗的时候粗,该细的时候细……粗的时候要有筋,似葡萄的藤蔓,似绿萝的萦绕,似蛟龙的相缠,似山熊的争锋……这一段话,既具体,又生动,非常形象,把动植物的形态与书法之点画结合起来。自然万物赋予书法家的创作灵感,既表现在点画的结体上,也表现在笔势体势、章法构成上,表现在书法艺术的方方面面。

胡安品先生也强调观察生活,从物象中得灵感,"认真领悟形成概念,把大自然的物象旁通于书法之中,使人对生动的点画产生物象的立体和交织似锦的飞动之感"。他以草书为例,论述了书法结构的艺术标准:飞动、参差、连贯和匀称。

"飞动,就是生命力,就是生机盎然。它要求字如飞鸟入林,如惊蛇入草,如斗蛇相绞,如山虎相斗,或如清水中的群鱼争游,如原野上野兽的奔驰。"

"所谓参差,就是长短、高低、凹凸、大小、歪斜相杂相融。参差的缘由,均出于自然和生活的物象,由书者认真观察和领悟,绝不是凭空臆造的。在强调参差的同时,又必须注意书写结构的连贯、对称。如同树林一样,虽然参差不齐,但皆成直立之状。而一片树叶,叶脉虽然参差不等,但皆成对称之状。"

"山峰瀑布直下,虽有参差之象,但皆成连贯之势。"

"书法的匀称,既有内在的,也有外在的。其一是要掌握重心,其形状或卧而似倒,或立而似颠,或斜而反正,或断而还连。这些都是行草书形态匀称的表现,但都必须稳住重心而后婉劲优美。"

我特别喜欢他在论述"飞动"的时候所打的比方,"如舞剑女挥剑起舞,运动员争相抢球,少年儿做柔软体操,电工在凌空操作",如果没有对生活的深刻体会,是无法信手拈来,把生活中的活力和生机,契合到龙蛇走动的意象笔意之中的。

我也喜欢他在论述"匀称"的时候,所描摹的"卧而似倒,正如婀娜婉转的舞女翩翩起舞的姿态;立而似癫,正如贵妃醉酒后的舞姿狂癫;斜而反正,正如跳高运动员跃身过杆的弧形跃式;断而似连,正如杂技演员'连滚翻'腰似断而筋骨相连的滚势"。这些惊险俊美之姿,这些艺术之美,如果不用心领悟,是不能够把它运用于书法结构中的"重心稳固,分间布白"之中的。

胡安品先生在他的书法理论文章中,还有很多很有价值的心得,比如情感的流泻,"其内在丰富的情感,汩汩流涌于笔端,其磅礴的气势和豪迈情思往往一泻千里",比如个性气质才能及修养的注入,"书法界还有谁能像他那样将世态的变迁,人生的冷暖融入书法作品呢",都使我们深刻体味到"人类的社会生活实践才是书法艺术的源泉"这一至关朴素,也是至关重要的道理。

胡安品先生在书法理论上着力,也在书法实践中着力。书法和健身一样,是他生活中不可缺少内容。他写字,不贪图名利,不沽名钓誉,不哗众取宠,不恣意炫耀。他写字,是他人生的快乐,是他人生的享受,是他人生的追求,也是他人生的境界。

## 三、文学的境界

我读胡安品先生的文章,比看他的书法作品要多。因为作为一个文学人,作为一个杂志的编辑,我跟作为文学人的胡安品前辈有着更多的交集。

《未名文艺》是叶集的一个杂志,2007 年创刊,存续整整 11 年。11 年中,在我尚未主编这个杂志之前,胡安品先生就在《未名文艺》上发文章,他对这本家乡的刊物钟情至深。《未名文艺》承载着叶集的文化,《未名文艺》延续着叶集的文脉,《未名文艺》为叶集文学撑起一片星空,《未名文艺》为叶集发展打开一扇窗口。这个平台上,叶集本土和叶集在外地的爱好者们都来跳舞,胡安品就是其中的一个。在《未名文艺》上,他发表过《故乡的小南海》等很多文章。安品先生有时候通过邮箱发来他的新作,有时候就直接用手机短信,把他的一些古体诗歌传给我。在这些诗文中,我读到了他对文学的热爱,对故乡的深情。

《故乡的小南海》是能够引发老叶集人对昔年回忆的一篇文章。文中所写的一口塘,一座庙,是古镇叶集的深深印记。每次读到它,我心中都会升起一种去探索古老叶集历史的热望。我没有见过那个叫"南海"的庙,只听说过"小南海"这个名字。据说曾经有近 4000 平米的水塘,塘中有一个岛,岛的南端有一个两米长的木板桥,本板桥是水陆通道。庙就建在岛上,供奉的神为观世音菩萨。每年农历二月十九日是庙会日,这一天特别热闹,叶集以及周边乡镇的善男信女,老老少少,齐聚于此,人声鼎沸,庙宇喧腾。那时候,最时兴的活动是"抢红子"。庙里的老斋公,在庙前临时搭起的台子上,抛撒红布,抢到红布者,大吉大利,当然谁都想抢到。婚后无子女的人,如果能抢到"红子",喜从天降,得子得女;要考试的学子,若能抢到"红子",就能金榜题名,顺利升学;生病的人若是能抢到"红子",就能祛病延年,增福增寿。据说,"抢红子"特别灵验。所以,那个时代,小南海香火极盛,成为古老叶集一个人心所向的地方。

胡安品老师的家,就住在小南海附近,每天上学放学,必从那儿经过。现在,小南海早已经不存在了。50年代后期,人民公社的社员们抽干塘水,挖塘泥积肥,小南海庙前搭起擂台,红旗招展,号声震天,成为生产劳动的工地。几十年过去了,小南海成为永远的过去了,但在胡安品先生的心里,那地方一直存在,在心里。那里有童年的记忆,那里是永久的念想。

读胡安品的文章,就像在读一段历史,读一段岁月,读一段遥远的追忆。其实,我们的文字不必老到,不必奢华,不必字字讲究,但文字一定要有根,一定要接地气。朴素,有时候是最直达人心的。

胡安品咏松、咏兰、咏竹、咏菊、咏荷、咏牡丹、咏月季,咏一切美好的事物;胡安品咏爱国情、咏英雄情、咏民俗情、咏翰墨情、咏家乡情、咏亲情,咏一切感人之情。这些内容主要体现在他的诗歌中,题材广泛,抒情真挚。多年前,他出版过一本《诗联手札选》,著名作家鲁彦周亲自为之作序。他在评述中写道:安品的诗作,追求古风,追求韵律,追求意境。其语言平实通畅,易懂好读。无论是写人写物还是写事写景,有叙有议,有感而发,极少空泛之言。所谓"诗言志",在其诗词中有着真实的坦露。

在我的第一本文集《野菊花的秋天》刚刚出版的时候,胡安品先生就阅读过,并题过《书墨生香会友人》一诗:

"诗情依依"入幽径,"优雅行吟"腑底音。
"短笛横吹"倾城曲,"书墨生香"会友人。
"与你同行"风雨路,"物我两忘"追化境。
文心放旷求真是,身修完璞赖操存。

引号中的词,是他取材我书中六个小辑的名字,颇为巧妙。胡安品先生的特点是,写文章不端不做,随情就境,自然而然。

胡安品先生的写作，让他的生命又丰富了一层。他的健康的体魄，稳健淡泊的做派，充实丰盈的生活，得益于他的养生，他的书法，他的写作。他的生命是多元的，多彩的，多立面的，他活出了一种"范"，活出了智慧和品味。

就在写这篇文章之前，收到胡老师给我书写了一幅字：我心即佛。他说看了我在《寿州》杂志上发表的文章《佛在八公山》，便有了这四个字的灵感。我想起那年随六安市作家协会到八公山采风，夜晚住在山下的一个酒店，第二天起了个大早，徒步登山。我觉得，佛不是每个时间都在的，它多存身于天色亮与不亮之间。所以，我选择在天色朦胧未开的清晨登山，向佛靠近。佛不喜欢在黑暗中指引凡心，黑夜太黑；佛也不喜欢白炽的天光，因为太明亮容易招惹视听、让人心浮躁。我选择曙色刚醒、将明未明的那个时段，去走八公山幽静的路，理由在于此。那个时刻，佛就在路中间，就在山林里，就在鸟鸣中，就在花开处。八公山的佛在一切天然的物象中，我的的确确会晤到了他。那天，佛手里举着三面旗帜，次第为我打开了三道心门。

胡安品老师读懂了我的文字，读懂了我的内心。感恩文字，总能让一些人深深地懂得另一些人。他写了"我心即佛"，并且装裱好，送给我。他是行家里手，他最懂得字画装裱中的潜词和达意。他用书法和边框之间的巨大留白，陈述对佛的理解，对内心有佛、内心修佛的理解。他用一幅字，给我讲述内心的安静。世界是很拥挤的，但一个人的心，一定要开阔，要给自己留足呼吸的空间和放眼的空间。其实，世界的拥堵往往不是空间的拥堵，而是内心的狭窄。只要能够把佛请进心灵，把"清净"请进心灵，世界就辽阔起来。

我想，胡安品先生自己就是这样的。他的生活，他的书法，他的文学，是他活着的三种姿态，也是他人生的三重境界。

每个人都有自己的生活方式，我欣赏胡安品先生的境界和活法。

是为序。

黄圣凤

2018.4.10 于博敏斋

# 目　录

活着的三重境界（黄圣凤） ………………………………………… 001

### 第一辑　四海澄清

蕴奥的雪域高原 ……………………………………………… 003

圣洁的雪域高原 ……………………………………………… 006

丰裕的雪域高原 ……………………………………………… 009

难忘大连 ……………………………………………………… 012

海参崴印象 …………………………………………………… 014

无奈的远东之旅 ……………………………………………… 017

浓浓凤凰情 …………………………………………………… 020

感受新疆吐鲁番 ……………………………………………… 022

枫红时节走滇西 ……………………………………………… 024

畅咏八公山 …………………………………………………… 027

悦读寿春古城门 ……………………………………………… 029

故乡的小南海 ………………………………………………… 031

### 第二辑　人生化理

李白饮酒的三种境界 ………………………………………… 035

浮生适意即为佳 ……………………………………………… 037

放旷游物外 随缘钓趣中 …………………………………… 039

雨润秋气清 …………………………………………………… 042

文蕴苍深育新人 ……………………………………………… 045

难得书生知稼穑 ………………………………………… 047

江流曲似九回肠 ………………………………………… 050

偶享助学金 ……………………………………………… 053

今古奇三 ………………………………………………… 055

难忘农民那份情 ………………………………………… 057

父情绵绵 ………………………………………………… 060

由"天意"说开去 ……………………………………… 062

炳心如月焕清秋 ………………………………………… 064

恭访耆贤周墨兵 ………………………………………… 066

寿考康强佑大年 ………………………………………… 068

### 第三辑　艺林养真

浅议中国书法的发展机缘 ……………………………… 073

功深则意邃 ……………………………………………… 076

探究万物　触类旁通 …………………………………… 079

书迹是心迹的点绘 ……………………………………… 082

书法之妙　得之内养 …………………………………… 085

闲话题书 ………………………………………………… 088

有感于斋号题名 ………………………………………… 090

书法慎用繁体字 ………………………………………… 093

学书悟 …………………………………………………… 095

匠心独运凝真情 ………………………………………… 098

墨耘寿春 ………………………………………………… 100

### 第四辑　低吟浅唱

**识人篇：**

贺赵阳《四季人生》 …………………………………… 105

文泗长流春 ……………………………………………… 106

真情读寿州 ……………………………………………… 107

读余江文集《古城纪事》 ……………………… 108

书墨生香会友人 …………………………………… 109

仁寿与鹤祺 ………………………………………… 110

寿苑翰墨情 ………………………………………… 111

赠哈余庆兄 ………………………………………… 112

一代伟人风范存 …………………………………… 113

观电视剧《刘铭传》 ……………………………… 114

逐浪追风乘势上 …………………………………… 115

雷霆不移中华魂 …………………………………… 116

重负难折报国志 …………………………………… 117

修敛品名世风正 …………………………………… 118

一代忠勇 巍巍长城 ……………………………… 120

**咏物篇：**

咏松 ………………………………………………… 122

咏梅 ………………………………………………… 123

咏兰 ………………………………………………… 124

咏竹 ………………………………………………… 125

咏菊 ………………………………………………… 126

咏荷 ………………………………………………… 127

牡丹 ………………………………………………… 128

月季 ………………………………………………… 129

迎春花 ……………………………………………… 130

**诵景篇：**

羲皇故都行 ………………………………………… 131

壬辰春吟 …………………………………………… 132

灯会即景 …………………………………………… 133

三峡行 ……………………………………………… 134

游八公仙境 ………………………………………… 135

榴月随唱 …………………………………………… 136

春醉西九华 ………………………………………… 138

梨乡雪海行 ………………………………………… 139

登宾阳楼感怀 ……………………………………… 140

游皖西大裂谷 ……………………………………… 141

**感事篇：**

园丁情 ……………………………………………… 142

文苑看寿阳 ………………………………………… 143

学书悟 ……………………………………………… 144

再奏抗天歌 ………………………………………… 145

体味《年轮》 ……………………………………… 146

寒食节寻思 ………………………………………… 147

安邦固国 众志成城 ……………………………… 148

雄风犹在世无双 …………………………………… 150

马年贺章 …………………………………………… 151

拼搏世纪年 ………………………………………… 152

贺新千年 …………………………………………… 153

颂五十年建国 ……………………………………… 154

鹧鸪天·贺寿县国家历史文化名城命名三十周年 …… 155

五洲呼大同 ………………………………………… 156

时雨颂升平 ………………………………………… 157

风惠畅然行 ………………………………………… 158

寿凤书法联展 ……………………………………… 159

当奏长胜歌 ………………………………………… 160

二度逢春 …………………………………………… 161

香叶归根 …………………………………………… 162

黄埔英名传 ………………………………………… 163

芍陂兴利 …………………………………………… 164

又逢清明 …………………………………………… 165

神舟五号升天 ……………………………………… 166

民族团结吟 ………………………………………… 167

笑逐金酉来 ………………………………………… 168

养生悟 ……………………………………………… 169

清平乐·贺九九重阳节 …………………………… 170

贺政协六十年庆 ┄┄┄┄┄┄┄┄┄┄┄┄┄┄┄┄┄ 171

丁酉梨花时节 ┄┄┄┄┄┄┄┄┄┄┄┄┄┄┄┄┄ 172

丁酉唱晓 ┄┄┄┄┄┄┄┄┄┄┄┄┄┄┄┄┄┄ 173

戌年早春吟 ┄┄┄┄┄┄┄┄┄┄┄┄┄┄┄┄┄ 174

同窗会寿春 ┄┄┄┄┄┄┄┄┄┄┄┄┄┄┄┄┄ 175

古城家居吟 ┄┄┄┄┄┄┄┄┄┄┄┄┄┄┄┄┄ 176

贺传香《文韵传香》出版 ┄┄┄┄┄┄┄┄┄┄┄┄ 177

七十偶感 ┄┄┄┄┄┄┄┄┄┄┄┄┄┄┄┄┄┄ 178

**楹联篇：**

宾阳门 ┄┄┄┄┄┄┄┄┄┄┄┄┄┄┄┄┄┄┄┄ 179

定湖门 ┄┄┄┄┄┄┄┄┄┄┄┄┄┄┄┄┄┄┄┄ 179

靖淮门 ┄┄┄┄┄┄┄┄┄┄┄┄┄┄┄┄┄┄┄┄ 179

通淝门 ┄┄┄┄┄┄┄┄┄┄┄┄┄┄┄┄┄┄┄┄ 179

万景大酒店 ┄┄┄┄┄┄┄┄┄┄┄┄┄┄┄┄┄ 179

永安医院 ┄┄┄┄┄┄┄┄┄┄┄┄┄┄┄┄┄┄ 179

汉淮南王刘安 ┄┄┄┄┄┄┄┄┄┄┄┄┄┄┄┄┄ 179

聚红盛农庄 ┄┄┄┄┄┄┄┄┄┄┄┄┄┄┄┄┄ 180

春临八公山 ┄┄┄┄┄┄┄┄┄┄┄┄┄┄┄┄┄ 180

寿春清真寺 ┄┄┄┄┄┄┄┄┄┄┄┄┄┄┄┄┄ 180

寿县一中 ┄┄┄┄┄┄┄┄┄┄┄┄┄┄┄┄┄┄ 180

建军节 ┄┄┄┄┄┄┄┄┄┄┄┄┄┄┄┄┄┄┄┄ 180


品味安品（邵军）┄┄┄┄┄┄┄┄┄┄┄┄┄┄┄┄ 181


后记 ┄┄┄┄┄┄┄┄┄┄┄┄┄┄┄┄┄┄┄┄┄┄ 186

# 第一辑
## 四海澄清

海阔凭
鱼跃
天高任
鸟飞
戊戌年
初夏于高邮
古城书昌口

# 蕴奥的雪域高原

—— 西藏记行之一

岁值甲申桂秋时节，我与同事由合肥振翼至西南重城成都，稍事休息后，戴上"神秘西藏"字样的红色太阳帽再次登机，开始了雪域高原之行。

110分钟后，飞机俯行在高山峡谷之间，平稳地在贡嘎机场缓缓降落。西藏以清晨的蓝天白云与峻峭的四壁石山迎来了这一小批江淮游客。导游在机场出口处给我们一一捧送了白色的哈达，以示对我们这批远方游客的热烈欢迎。上车后，憨厚聪颖的色朗（导游的名字）开始用流利的汉语与我们侃侃而谈。一番热情洋溢的欢迎词之后，车已到我们心驰神往的世界屋脊之雅鲁藏布江边。机场到拉萨市100多公里，这条公路基本上是沿江而建，清澈的江水与水底的沙石使我们觉得雅鲁藏布江与内地有些河流很相似。但高原的神秘随着朗导的介绍又给了我们这些远方客人汩汩异感。比如像雅鲁藏布江里的鱼是一种无鳞鱼，形似内地鲇鱼，肉嫩味美，但也只有外江里的小鱼才是美食，可以食用，而远江里的鱼体大不可食，它被西藏人视为"神鱼"。其因由来自西藏的民俗，只有到过西藏的人，才能得以明知。行车中有人提出要求小解，朗导风趣地告诉我们，在这里应说"唱山歌"，这个说法比较文雅。但"唱山歌"也有藏南、藏北之分。藏南草原"唱山歌"时，由于是茫茫草原，无遮无挡，必须手持一把伞遮隐；而藏北山多树多，可在隐掩处行方便。如果遇到有厕所的地方，当然可自行方便，但千万不要把西藏人圣洁的礼物哈达带进去，阿朗解释说，这是对主人的不尊敬，也是对圣洁哈达的亵渎。阿朗语音浑厚，亲切热情，讲到兴致处，主动给我们献上一首藏族民歌，先是用藏语，我们听不懂，接着用汉语演唱一遍,我们听清了其中的主题语:我们拥有一个母亲,那就是中国,我们共有一个愿望,祝祖国繁荣富强。

在内地长大,曾任十年导游的色朗大胆地要求大家提出疑问,我们当然不客气地开了口。如,在内地我们通常只知道哈达是白色的,但来藏后却发现有五种颜色,这个问题肯定要提出来了。阿朗耐心地一一向我们解释哈达的各种颜色表达什么内容,接受哈达时,应做什么行为和语言的表示。再如,到西藏后,应该学会哪几句必须掌握的藏语;藏民房为什么比较矮小,房屋四角顶杆上挂的五彩布条表示着什么;在哪里能看到藏羚羊和牦牛,西藏高原上主要农作物有哪些;糌粑、酥油茶、青稞酒等都是用什么物质做成的,能不能都品尝到……

雪域高原

中午11时,不知不觉到了拉萨,入住的是二星级宾馆,各方面条件不亚于内地。问到当天的游程,朗导的回答令大家愕然,下午休息,晚饭后还是休息。不要过分活动,不能喝酒,不要吃得太饱。问及原因,回答是适应拉萨地处海拔3700米的高原气候。尽管有些人不太理解,但都得遵从"随导而游"的规矩。果然,十二小时后,我们这一批从而立到花甲之龄、体能不同的人高原反应明显地表现出来,有的头痛,有的头晕,有的胸闷,有的肠胃不适。好在第二天清晨后,大家虽然带着遗存的不适感,但基本能正常参与旅游活动了。

到世界高原之城拉萨,布达拉宫、大昭寺是必去之圣地。布达拉宫的建筑风格,为世人所瞩目,其高耸云端的宫墙,全为块石所垒,虽历经两千多年的风雨侵蚀,至今仍固若金汤,实为不易。大昭寺是藏族同胞一生修行的终极所在,看到绕寺内或沿八角街而行的藏民们手持转经筒和向长明灯槽里倾注酥油的无限虔诚的表情,我最感慨的是他们的忠贞与充实。

拉萨确实是神秘的,值得一去,应该纪念的很多,有些可留在自己的记忆里独自品味。但有一句话、一个来历不能不说给没去过雪域高原的人们,那就是不要忘记祝福吉祥如意的常用语"扎西德勒",记住拉萨是"rā sà"的译音,"rā"是神羊,"sà"是土地之意,即拉萨过去是一片沼泽地,因借助神羊运石平整沼泽地之力,才得以拓建出今天的高原圣城,所以西藏人用此来表达自己的感恩之情、真诚之意。

只要你有机会,世界高原之城拉萨,不可不去。

# 圣洁的雪域高原

## ——西藏记行之二

到过西藏的人无不为它高峻连绵的群山、巍峨耸立的布达拉宫、神圣灵逸的大昭寺、美丽广袤的藏南草原和矜洁源远的雅鲁藏布江所陶醉,更为西域高原的圣洁所倾慕、所折服。

讲到圣洁,我们首先想到的是西藏圣洁的礼物——哈达。来到西藏,我们才知道哈达不仅有白色的,还有红、黄、蓝、绿,总共五种颜色,每种颜色代表着不同的内容,都表达着祝福之意。在不同场合,对于不同对象,各种颜色的寓意为吉祥、幸福、健康、富贵、长寿等。西藏人对哈达的敬献是非常讲究的,但有一点是共同的,就是哈达只送给值得尊敬的人。

洁白的雪山是西藏长年独有的景致。西藏一年只有两个季节,那就是冬天和春天。因此,终年积雪不化的山巅到处可见,远远地望去,给人一种肃穆巍然的感觉。进藏的第三天,我们沿着青藏公路,驱车游览我国最大的地热开发利用处——羊八井温泉,在那里可清晰地看到唐古拉山口和山顶上的皑皑白雪。羊八井地处藏北草原,到处是山羊、牦牛,看到这样天然本色的美景,我们禁不住以雪山为背景,骑着马伴着牦牛在这个海拔4400多米的地方争相拍照留影。

白如素月的酥油,是由牛奶和羊奶精炼而成,既是调味品,又是藏族人圣洁的供奉品。西藏的大小寺庙里,都有终年不熄的油灯,这是寺庙为祈祷神明的朝奉者所设,寓意神明赐福、保佑平安。而其中所用的油料就是酥油,这些油都由朝奉者长年供奉。酥油灯最大的特点是无烟无异味,因此像布达拉宫、大昭寺、下密院等这些大寺院里,虽然油灯密布、长年不熄,室内却清洁无污,走进

峰巅皑皑

　　这些寺院无不让人心怀虔诚，如同经过洗礼。

　　更值得人们欣羡、赞叹的是藏族同胞的圣洁心灵。我们知道藏人多信奉藏传佛教，而那时有文化的、能吟诵经文的人毕竟很少，多数人又不能不诵经文，那么他们怎样表示自己的虔诚之心呢？于是先人们想出了一些办法，像"手转经"，它有铜制、银制、骨制和其他金属制作的多种，圆柱形盒内视为经文，手转动时随着盒内浮动物的旋转，似吟经文；藏民房四角顶上的经幡，也有随风摆动似吟经文之意：这些都体现出藏民信仰的至诚至真。上午的大昭寺，朝奉佛祖和圣祖的藏民们手持转经沿寺内和八角街迤逦而行，有的能反复绕行数圈四五个小时，有的则五体投地，口诵"唵嘛呢叭咪吽"六字真经，并反复起伏。他们心中拥有的是其乐无穷、无限的"香格里拉"境界。

　　著名的拉萨市，规模不算小，环境整洁，空气清新，风景独特。整个城市无污染性工业，仅有的一家较大型企业——水泥厂，还设在郊外，城内看不到一处冒烟的囱管。市内交通秩序良好，行人和车辆各行其道，机动车靠交通标识行驶，所有道口看不到一个交警，却没有人违反交通规则。更值得一提的是，拉萨市有内地所有城市不可与之相比的一绝，那就是彻底根绝了白色垃圾——塑料包装袋,在拉萨购物,包装袋全为纸质,就连食品盛装都用纸盒。这种强烈的环保意识,留给我们的不仅是叹服,更是深刻的启示与反思。

西藏之行给我们留下了非常深刻而美好的印象,我们从内心赞美它!西藏的山是浑穆壮丽的,西藏的天是清远湛蓝的,西藏的云是素展多姿的,西藏的水是澄澈怡心的,而西藏人民的心灵像高山雪莲一样永远是圣洁无瑕的。

# 丰裕的雪域高原

## ——西藏记行之三

西藏,天远山高,由于受到气候因素的影响,绿色植被贫布,食物以旱粮和畜牧动物肉为主,加之空气稀薄,供氧不足,道路不畅,过去藏民生活的艰难可想而知。西藏旱粮作物品种单一,主要是小麦和青稞,基本没有水稻。

现在青藏公路畅通,进藏飞机航班多路频穿,物流顺畅,加之川人入驻高原,利用塑料大棚培植多种蔬菜,丰富了西藏人的膳食,完全满足了进藏人的饮食需求。我们在拉萨市整整四天时间,餐桌上菜肴丰富,鲜嫩的蔬菜一应俱全,鸡、鱼、肉类也很合口味,米、面食可任选,基本上都是四川风味。菜市里各种蔬菜的价格大多与内地持平。藏民饮食结构能改善到如此程度,是一般人意想不到的,不能不令人惊讶。

在羊八井,我们有意贴近了生活在远山里的藏民,发现他们家家都喂养有成群的山羊、绵羊和牦牛,每头牦牛的售价都在4000—5000元。牦牛一身都是宝,加工后出售,价值可再翻番,因而藏民的收入非常可观。近年来,由于高原交通在不断改善,各种水果和蔬菜也可以正常运输至深山,使藏民生活得以改善,与内地人生活没有什么差别,从藏胞们一脸灿烂的笑容中,我们体味到了他们对现实生活的满足。

西藏物华天宝,其中有一些特产是其地独有的。诸如神奇的天珠,其价值远远高出黄金、铂金。天珠产于数千米以上的高山,是数万年以前海底一种浮游生物因为地壳运动形成的化石。这种化石既可药用,也可打磨成精致的饰物挂在胸前或环套在手腕上,利于保健。天珠有一珠、二珠、三珠(圆形眼珠状)

壮美布达拉

和陈年品、新产品之分,珠多且年代愈久远的陈年品价值愈高。此外,像藏红花、冬虫夏草、雪莲、野参等,都有奇特的药用价值。凡进藏的人都想选购点珍品带回,但这些产品鱼龙混杂,也有真假之别,好在拉萨辟有专营场所,那里有专家教你识别真伪的办法,这样就能放心购买了。

　　牦牛是西藏的珍贵动物,现在人工驯养的也很多。牦牛的角、毛、肉、骨等都是宝,其药用价值为人所称道,因此,在西藏用其角、毛、肉、骨制成的各类产品很多,也有专营处。特别是用牦牛肉加工的熟食,品种繁多,购买者还可先品尝后购买,只要一经品尝谁还不买上几袋回去分送亲朋好友?

　　提到西藏,人们自然想到藏民时时离不开的两样东西:藏刀和青稞酒。藏刀是藏民特别是生活在山区里的藏民随身必备物,它的作用一是为防身,二是特制的餐具。因为藏民历来以肉食为主,辅之以糌粑,他们过去的生活一般不固定,所以食用随身携带的这些食物时,必须得用刀具切削。真正实用的藏刀都是人工打制而成,刀刃锋利,且做工讲究。现在的藏刀都作为西藏特产,用合成金属由机器压制而成,作为人们把玩欣赏的旅游商品。青稞酒是用青稞麦酿制,为西藏独特的饮料。到了西藏不喝青稞酒实为遗憾,刚开始因为要适应高原的缺氧气候，我们是想喝而不敢喝，离开拉萨的前一天晚上，我们禁不住浅饮了一点青稞酒，因为度数太低（不足 10 度），又是甜甜的味道，着实没有过瘾。

要想富，先修路。在青藏公路畅通五十年之后，我们欣喜地看到青藏铁路正在紧张施工中，到 2008 年，这条铁路就要正式通车了，愿这条幸福之路带给西藏人民永远的吉祥与安康。

# 难忘大连

　　伴随着史河长大，依偎着淮水栖生，然而我对烟波浩渺的大海总是心驰神往。清秋时节，谋划已久的几位朋友选择了一条经东海、涉黄海、奔渤海的海岸线，由连云港，经日照、烟台，再奔渡辽南海滨名城——大连。

大连抒怀

万吨客轮，拂晓时刻抵大连湾港，乘车四十分钟后至市区，早餐后直奔旅顺区。旅顺可是近代史上中外闻名的地方，那里有肃穆阴森的日俄监狱，记录着日俄侵华的沥沥血证和无数爱国志士的悲壮业绩；那里有神奇、美丽的军港——旅顺口；有以著名美术家韩美林设计的石虎群雕为标志的海内外闻名胜地老虎滩；有伟岸峻峭的滨海大道；有毛泽东亲笔题名的接待休闲中心——棒槌岛。沿着滨海大道，你可以俯视到"波涛万里堆琉璃，潮水百转舳盘回"的壮观，因为这里是全国唯一的无核珍珠海水养殖场。在老虎滩左侧，你可以欣赏到"断云发山色，轻风漾蓝光"的美景。在棒槌岛，你可体味到"天清棒岛近，潮落卵石莹"的意境，尽管海边标牌明示不可捡拾海滩卵石，但奇形怪状的小卵石还是勾得游客心痒难耐、情难自禁。

　　由海边美丽壮阔的景区走进大连市区，你会情不自禁由衷赞叹她的舒爽与清新，她的繁华与有序。其交通与人流、建筑与环境，井然天成。这时，你会对大连导游自诩的"三多""三少"心悦诚服。"三多"，就是广场多，单行道多，绿地多。大连市特别重视营造良好的自然环境，其鳞次栉比的高层楼房（最高的市贸大厦有60层）为城市提供了广阔的空间。全市108个广场，占地都在10万平方米以上，最大的星海广场占地170多万平方米。其优美清雅的滨海环境，吸引了无数的游客。为缓解交通拥挤状况，大连市区道路纵横交错，配置适度的立交桥，多为单行道行驶，无论是平时，还是高峰期，基本上没出现过塞车现象。由于广场多，道路功能设置完善（机动车、非机动车、行人各行其道），人行道旁又有绿化带，因而城市绿地面积大，多数地方的草为耐寒的品种，所以即使是深冬季节，也是绿草茵茵，一派生机盎然的景象。大连的"三少"就是交警少，摩托车、自行车少，路边店和摊点少。由于单行道多，就减少了机动车的同道交会，因而在市区很难看到交警，我们在大连生活两天，只看到一处交警指挥亭，而且还是女交警执勤。大连地处渤海湾，是个开放的城市，因此，在城市交通管理上吸取了国外先进经验，多设公交车，减少摩托车、自行车，这样，你在市区极少能看到摩托车、自行车行驶，清洁了市容，也减少了交通事故。另外，在大连市，除了专设的商品街，任何街道和公路旁没有低矮的商店、餐饮店，没有摆摊设点，就是在景区，也看不到兜售旅游商品的地摊。总之，大连市向人们所展示的是一张干干净净的"脸"。

　　难忘啊，大连！有机会我还要去大连。

# 海参崴印象

在俄罗斯的版图上,海参崴是个边远神秘的城市。它除了与莫斯科、圣彼得堡等为俄罗斯并列齐名的著名城市之外,又以远东军港(太平洋舰队司令部所在地)闻名于世,是滨海边疆区的首府。

海参崴是个新开放不久的远东要城,三面环海,一面临山,80多万人口中有四分之一为华人。市区古老的俄式建筑不多,火柴盒式的楼房比比皆是。146年前,它只是一个渔村,现在的经济支柱主要还是靠海,市区的每一个家庭都有一名以上以海为生的人员。

海参崴公务人员的收入较高,基本上与莫斯科持平,月人均8000卢布左右(相当于人民币2500元以上)。由于俄罗斯人有超前消费的观念,几乎没有人在银行存款,因而市场物价很高,如房价一般每平方米800—1000美元,猪肉均价每公斤200卢布左右。我们在一个超市看到,三个大蒜头就要8—10个卢布。在海参崴期间,我们每餐每人50卢布(俄餐70卢布),可连一片肉都看不到。

令人惊叹的是,海参崴保留了列宁塑像和十月革命广场,因而在十月革命广场旁,我们从巍然矗立的区(相当于省)政府庄朴无饰的十九层办公大楼,看到了老布尔什维克艰苦朴素的影子。市区基础设施很陈旧,人行道很窄,由于年久失修,处处是裂缝,更没有地砖铺面,可见政府的公共财力十分有限。

海参崴的商业市场是典型的计划经济模式,所有商品明码标价,要求打折或还价的免谈。服务员的态度冷漠,要买就买,不买就走人,问多就烦。但商品

到访海参崴

的质量基本上是可以保证的。所有工作人员实行 6 小时工作制,到时就下班,连导游和旅游车驾驶员也是如此。

海参崴属于海洋性气候,夏季很凉爽。宾馆里没有空调,没有风扇,但晚上休息还必须盖被子。由于光照时间很少,因而当地人多为白皮肤。但俄罗斯人特别是年轻的姑娘们以黝黑的皮肤为美,因而她们平时着装很少,皮肤外露的多,有的还躺在滨海的市中心广场进行日光浴。白天气候变化异常,一会儿阳光灿烂,一会儿风雨交加,所以出门时雨伞是必备的。海参崴所处的远东地区是典型的寒带气候,夏季最高气温 20 多度,冬季最低温度正常零下 20 多度,有时甚至零下 40 多度,因而该地区人口稀少(每平方公里 2.3 人),到处是漫无边际的树林、草地,就连公路沿线都很少能见到村落。可能是这里的生存条件太差,从绥芬河一直到海参崴的几百公里沿途,很难见到畜类野生动物,甚至于鸟、蝶等生物也不常见。

特殊的环境造就了特殊的生活场景,于是就出现了一个怪现象,那就是不管是城市还是农村,忙活的都是太太们。因为在寒带气候条件下,人的生育能力很低,所以二战后俄罗斯人口几乎是负增长。历史上形成的男少女多状况未能从根本上得到改变,就养成了男性养尊处优的恶习。女人们劳动、工作挣钱养家,男人们吃喝玩乐、享受优待理所当然,反而造成了另一种恶果,那就是男性平均寿命大大低于女性(据说女性平均寿命七十岁以上,男性只有五十多岁)。在崴市的大街上,你随处都可以见到手握酒瓶的醉汉,但在海关进出的数百名在中国购货做买卖的俄罗斯大军里,很难看到一个成年男性。

崴市有两大贸易市场,一是海产品市场,二是二手车交易市场。日本和韩国的二手车充斥海参崴,且车价较低,因而市区基本上户户都有车,很少见到骑自行车和步行的。由于俄罗斯没有旧机动车强行报废的法规,各类破旧车辆通行无阻,既不安全又涂污了市景。

俄罗斯是个古老而又伟大的民族,是中国的友好邻邦。今年又是中国俄罗斯年。我们期望其经济和社会事业的发展能尽快地与世界大格局相切,与世贸组织(WTO)相融。

# 无奈的远东之旅

仲夏时节,我们选择了远东之行,是因为在远东可享受清凉。清凉之于盛夏,确实是种享受。可旅途的遭遇却使置身其中的你,感受到了无奈。

## 南京机场　心情受挫

按照旅游的初始路线,应该是从合肥乘机去北京,再由北京飞抵哈尔滨。北京是其中的旅行点。可成行时却变成了先到南京,再直飞哈尔滨。好在我们对南京比较熟悉,大家都没有多少异议。于是当晚在南京的一家所谓三星级饭店居住一夜后,第二日晨到了南京机场。上机前,都想用点早餐,于是在进入候机前厅后,便一起拥向供餐处。待坐定问询,方知一碗面条48元。天价面条,谁敢问津? 好在大厅有卖方便面的,一碗10元——尽管比外面的贵一倍多,比起天价面条还是合算的。卖方便面的姑娘说,大厅有开水供应,我们当然深信不疑。可大碗面盖揭开后,在两处开水供应处守候,却千等万唤不见开水出。检票时间已到,只得怀揣已开盖的方便面,进入候机大厅。这里才有正常的开水供应点。出行后的第一顿早餐,在出出进进、进进入入中勉强对付过去了。

## 老天作对　机时延误

由南京直飞哈尔滨的飞机,必须在青岛停留,原计划30分钟。可飞机降落后,迟迟不见接机旋梯靠近。广播提示:"接机值班人员未到,敬请等候。"20分钟过去了,方见接机值班人员到位。机上除到青岛的旅客下机外,其他人必须到候机大厅暂息。待我们重新上机后,才知道由于受高压气流影响,迟滞了本次航班。可见,坐飞机虽然安全因素较强,但时间也是没有保障的。

## 火车慢速　边检低效

到哈尔滨后,我们用半天的时间游览了太阳岛和天然老虎园。这两处景点还算尽兴。是晚,便乘一夜火车,清晨到了中俄边界的绥芬河市。早餐后,由绥芬河火车站出关,边检简便顺利。可坐上国际列车后,不到30公里的路程却用了一个多小时,速度慢,且走走停停。好在导游打过招呼:这列火车的速度可能是世界上最慢的,要有足够的耐性。车到戈城,这是个俄罗斯的小镇,是入俄海关。近千人入关,只有四个检验证件的入口。关外候检处紧靠铁道,无棚无座,室内闷热人满。正常情况下,没有三个小时过不了关;非正常情况下得五六个小时。为此,人们又称这个海关可能是世界上工作效率最低的。因为他们每天工作时间是限定的,验证、检物时,如遇上休息、餐饮时就会立刻停止工作。

## 洗浴难　喝水更难

好不容易过了海关,又经五个多小时到了海参崴。晚上住进了市里像模像样的阿穆尔宾馆。可这个宾馆只相当于我国20世纪六七十年代的招待所,设施简陋不说,还没有一次性拖鞋和刷牙用具。洗浴必须站在浴缸内,水不可外溢(因为没有地漏),否则就要罚款。每层楼30多个房间,只有一个容量极小的电水炉,开水自取,且量不可多。我们的一个同志取了一小水瓶开水,被一个女服务员强行夺过去,倒下一半后才予放行,莫名其妙之余尴尬无限。

## 中餐标配　俄餐不饱

海参崴市80多万人口,中餐店也有数家。但这些中餐店的老板俱为俄罗斯人,经理为中国人,所有中式餐馆的配菜为一个模式。此次我们在海参崴生活四天,曾在好几家中餐馆用餐,但均为一样菜谱,以素菜为主,米饭不限量。

大家当然想品尝一下俄餐的味道,导游便尽力安排了一顿中式俄餐(以筷子为餐具),但限量的拌饭大家都吃不饱,奶油拌生洋葱、生包菜和黄瓜却剩下很多,因为确实吃不惯。

城市一景

## 欲速不达　花钱买罪受

到了返程的日子,我们实在受不了过海关的折腾,便听信导游的话,多花钱买个顺利过关。结果到了边检后,才知道这趟火车是俄罗斯方面的列车,必须等到所有俄方乘客全部通过后,才能给我们放行。因为人、物安检后已进入候检厅,只能在闷热中煎熬着。实际上当时中方旅游者只有两个团队,不到五十人。过关上车后,我们一行十几个人,被分散安排在好几个车厢,有的乘客不愿让座,我们只得轮流落座,好在也只有一个多小时。回到绥芬河,我们才彻底放松下来,卸下了沉重的心思。大家的共同感受是,还是家乡好,还是家人亲。

# 浓浓凤凰情

## ——有感于凤凰古城游的人性化

　　湘西文化名城凤凰,原汁原味的古民居一幢幢矗立在沱江西岸,古朴壮观。走进这座古城,首先感受到的是扑面而来的苗、土民族风情和以民族先贤熊西龄、文学巨匠沈从文等为代表的令古城自豪的人文。而更能让你自始至终享受到的便是凤凰人将温恭庄敬、其乐融融渗透于旅程中的人性化。

　　由长沙机场大厅走出,热情淳朴的"好之旅"导游小罗便把我们迎进白色商务车。在介绍了本省的基本概况后,小罗很爽快地送给我们一曲《映山红》,歌声虽不算甜美,但字正腔圆。我们觉得它比一捧鲜花更显珍贵,不由得生发出一种宾至如归的感觉。

　　车至凤凰城,天色已晚,在品尝过特色小吃血粑鸭和沱江野生鲶鱼后,便去观赏古城美丽的夜景。沱江两岸的街巷内,游人如织,熙来攘往,江面上盏盏纸荷灯五颜六色,与岸边的景致相映成趣。更引人入胜的是江面上的两路人行方石石步,一高一矮相互依偎,来往行人谨慎举步,有惊无险。离岸几米处,石步忽而变成了独木桥,桥面仅能容相向人流侧身而过,此时你便会不由自主地相互搀扶,生怕闪失落水。登岸后你会顿悟到,这是古城人独具匠心的创意,他让你体味到,这短短的几米石步,犹如人生旅程之不凡,要想平安度过,就得有别人的帮助。

　　次日上午,游览古城八处景观。首先进入的是熊西龄故居(兼纪念馆)。故居院落不大,居室错落有致,一身民族服饰的讲解员,面带微笑,清词丽语,在详细介绍熊氏宗族史迹的同时,多次提醒游客注意脚下的门槛,以防被绊着了。

凤凰浓情

踏舟游沱江是体验土、苗民族风情的特色活动,手持竹篙的船夫,把一船船游客撑送到江心。在船至一巨型拱桥边的掉头处江面上,搭起了一彩色船台,船台上的土家阿妹便开始了与游客的互动——对山歌,使人称道的是游客们都好像是当地人一样,对土家族山歌唱和自如。原来唱和土家山歌是游客们首修课,导游们早就教会了大家应答技巧。

游程结束后,我们将要奔赴另一景点——张家界。离开古城时,我们主动要求导游带我们去购点凤凰土特产,像姜糖、猕猴桃片、葛根糖和血粑等。土特产超市的包装袋上两句极为朴实的调侃语"把微笑留下,带土家妹回家",又让人回味无穷。是啊,尽管只有短短的一天一夜时间,但足以使人们把历历湘西景和浓浓凤凰情铭记在心。

# 感受新疆吐鲁番

中秋时节,已届花甲的几位老朋友相伴西行,乘机飞往心仪已久的西北名城 —— 乌鲁木齐。亲近大西北,首先感受到的就是人们常说的那句话,"到了新疆才能知道中国地域之广博"。仔细品味一下,这个新疆的"疆"字就集中地概括了新疆地域的风味儿。左边的"弓"勾勒出了我国西北边界线状,其长有5000多公里,与周边八个国家接壤。"弓"下的土字体现出新疆的面积之大。全疆面积160多万平方公里,占我国国土面积的六分之一。右边的三横间有二田,三横显示着疆内的三大山脉,即在东部的天山,其顶峰高7000多米;北部的阿尔泰山,顶峰高4000多米;西南部昆仑山,顶峰高8000多米。二田表明的是两大盆地,即准噶尔盆地,面积38万平方公里;塔里木盆地,面积58万平方公里。

由乌市东行230公里,便到了著名的有"火洲""绿洲"之称的吐鲁番。吐鲁番突厥语的意思是"富庶丰饶之地"。天山山脉与塔克拉玛干沙漠之间这片7万平方公里的土地,是东西方文化和宗教错综交织与相互融合的交汇地,是我国丝路遗址最为丰富的地区,遗存的古城、石窟寺、烽燧、墓葬、岩画等200余处,其中国家级重点文物保护单位就有6处。难怪德国学者克林凯特惊叹道:"多种文化、多种宗教、多民族充分交汇和融合,在整个丝绸之路上,我们找不到哪一个地方,在文化面貌上像吐鲁番这样丰富多彩。"在吐鲁番,我们除游览了部分景区,还走进了维吾尔族农家,特别是饶有兴致地观看了民俗纪念馆,亲身感受到这里确实是上古宗教活跃地和多民族汇聚区。当地不仅传播过所有世界性宗教,如佛教、基督教、摩尼教(也称民教)、伊斯兰教,还传播了众多的民间宗教,如祆教、萨满教、道教等。吐鲁番遗存下来的文献含有 24 种文字,是整个丝路沿线发现文字最多的地方,包括希腊斜体文、叙利亚文、栗文、吐蕃文、婆罗迷文、回鹘文、汉文、突厥文、中古波斯文等,反映出曾有众多的民族在此生活。

我们可以用很多不同的名称来称呼吐鲁番,"火洲""风库""绿洲"或者是"瓜果之乡""葡萄之乡""哈密瓜的故乡"等等。吐鲁番不仅仅在文化和民俗方面具有多样性,自然景观与生态环境也异彩纷呈。这里有几个响当当的中国之最,即最热、最低、最干、最甜。说它最热是因为吐鲁番是我国气温最高的地方,夏季最高曾达 49.6 摄氏度,地表最高温度将近 90 度,因此历史上有"火洲"之称。所以这里出产的葡萄干也最优。讲它最低,是源于这里有低于海平面 154 米的艾丁湖。该湖位于吐鲁番以南 50 公里,是除约旦死海外离地球中心最近的地方。最干的说法,是因为这个地区年平均降雨量只有 16 毫米,比有死海之称的塔克拉玛干沙漠还要少,而此地的年蒸发量却在 3000 毫米以上。因此,为了解决生产生活用水问题,勤劳智慧的吐鲁番人民便发明了独特的地下水利灌溉工程——坎儿井。全地区共有坎儿井 1000 多条,长度超过长江、黄河,和长城、大运河并称为我国古代建筑史上的三大工程。在吐鲁番西 9 公里,现开发有坎儿井游乐园,在那里你可以欣赏到这个输水系统的奇观。说到最甜,人们都会想到吐鲁番的葡萄。其实由于这里气候非常适宜瓜果生长,除葡萄外,还有桑葚、杏、桃、西瓜、哈密瓜、无花果、石榴、核桃、苹果和梨。吐鲁番的无核白葡萄可算是全世界最甜的葡萄,含糖量为 75%—80%,而一般的葡萄含糖量只在 24% 左右。

到新疆不能不去吐鲁番。"吐鲁番好像一块海绵,它从各个方面吸收精神内容与文字形式,引人注目的是这个绿洲的传统多么富于国际性。"(克林凯特)要记住,西出玉门关,库鲁克塔格以北,天山南麓,戈壁、流沙、干涸的古河道包围着的一片绿洲——它就是吐鲁番。

# 枫红时节走滇西

丁亥初冬,正是"枫叶如丹照嫩寒"的时节,我们一行七人由合肥登机赴云南考察。下午五时半,在我们家乡已是傍晚的时候,昆明仍艳阳高照。我们虽然无缘看到汉武帝当年南巡狩猎时幸遇的"七彩云南"胜景,但春城上空的蓝天白云也足以令我们心旷神怡。

候机大厅入口处,导游小刘右手举着接队牌,左手握着七枝红色玫瑰,春城人的热诚好客之情扑面而来,加上昆明的如春气息,使你的亲切之感油然而生。

次日晨,阴云密布,继而中雨不止。我们乘车到石林后,雨仍下得很大,但游客还是很多,电瓶游车十分抢手,我们只得每人买了一把伞,冒雨步行入石林景区。雨中的石林,虽不如晴日舒爽,但也别有一番情致。你看柏松更苍,奇石更挺,枫叶更艳,曲径更幽,特别是云集在石林中的各色小花伞,犹如朵朵怒放的鲜花,把石林装点得更加娇俊,也撩欢了"阿诗玛"的容颜,逗乐了"猫鼠恋"的情态。由石林返昆明市区途中,我们走进了"庆沣祥茶庄"。这里是茶马古道的著名驿站和普洱茶交易处。普洱茶盛产于西双版纳的普洱地区,老茶树有千年以上的树龄。此茶的保健作用极佳,且可以作为收藏品。因为普洱生茶初成时口感苦涩,不宜饮用,一般都是紧压成饼后存放数十年后饮用。在存放过程中逐步发酵,其品质会得到提升,口感变淡变香,价值也随之增长,因而人们又称普洱茶是"能喝的古董"。如今普洱茶遍布云南省,而此茶收藏热已波及全国。不过普洱茶的喝法也很讲究,要想喝出品味来得有一套考究的茶具,掌握一番精谨的茶道。

蝴蝶泉边

由昆明至大理，我们是在夜间的火车上度过的。整整九个小时的行程，应验了云南十八怪之一的"火车没有汽车快"，因为这段路程如乘大巴车只需要近五个小时。地接导游小王是个女孩子，她告诉我们在大理对年轻女性统称为"金花"。金花头上的帽子很好看，也较复杂，其中展示的是"风花雪月"四景。顶上的白绒毛为雪，四周的彩色饰物为花，帽后尾的垂线为风，而整个帽子的形状为月形。同时大理的自然风光亦有"风花雪月"四景。市区西南郊有上关、下关两地，两关紧倚苍山洱海，上关有个景区叫上关花园；下关有个山口为常年大风口，一般风力都在8级以上；而苍山的最高峰为马龙峰，海拔5596米，终年积雪不化；洱海依山环陆，其形宛如一弯新月。这便有了名扬中华的"风花雪月"奇景。乘"洱海一号"游船观苍山洱海风光是在大理的主要活动，三个小时游程，有小诗为记："踏舟洱海上，寻幽苍山间。欣哑三道茶，品味百胰甜。身入小普陀，心近大海南。畅游风情岛，瞻谒昭王颜。"其实洱海并不是与洋比附的大海，而是大湖泊(滇缅公路边的阳宗海也是如此)。"三道茶"是游船上的一场歌舞表演，这场表演寓白族风情和献茶品茶于一体，使游客在品味苦茶、甜茶、回味茶和欣赏白族文化艺术展演中互融互通,增进友谊。小普陀是洱海中一个百余平方米的小岛,精巧的小寺庙周围摆满风味小吃,特别是烤鱼烹虾的色香味,引得你不得不去品尝一番。风情岛面积较大,大理国南诏王作为白族的本主之先主被供奉在岛上,而白色的观音菩萨巨像和象征民族特征的白色建筑群又凸显了白族人的本质风情。

丽江是我们此次行程的终点站,在汽车翻越过苍山后,白色的玉龙雪山便以它峻洁的峰颜远远地笑迎了我们。丽江古城很美,古城的三道茶(古绞蓝、滇红、普洱)更有滋味,然而更引人入胜的是古老的东巴文化。这里是纳西族人聚居的地方,至今仍保留着东巴文字,其字形很像汉字的甲骨文,所不同的是东巴文字一个字可表示为一个词或一句话。纳西族姓氏简单,只有木、和二姓,传说为明皇朱元璋所赐。在接近玉龙雪山的地方,保留有一个东巴民俗村,在那里你通过进村入户可观赏到纳西人上刀山、下火海的精彩表演,可品尝到野果美酒,可与纳西姑娘对歌,可与纳西人共舞,还可了解到纳西民族中他留人和摩梭人有趣的传统婚俗。特别是摩梭人,据说至今还承续着母系社会的遗俗。

云南作为我国的西南边陲,有着厚重古老的文化,有着幽远的民族风情,有着精到的民间艺术,有着奇特的自然风光,这些,只有你到了那里才会有深深的体味。

# 畅咏八公山

突兀于千里淮北平原南陲、寿县古城东北,滨立于淮河之阴的八公山,灵逸俊秀。其主峰虽不足三百米,但因其仙踪胜迹弥多,自汉以来即闻名于天下。

八公山由汉淮南王刘安携八位贤士,谈经论道,研炼长生不老之仙丹,后丹成并饮丹"升天"而得名。自古以来,历代贤人雅士情钟于八公仙境,留下不少咏颂诗篇。但古人寓古情,今人怀新意,客居寿春城近二十年来,我也满怀情致地巡游了八公胜景,草成了几章感念诗联。

八公山次峰四顶山,高282米,唐贞观年间,始建道教名观帝母宫,俗称奶奶庙,大殿里供奉着碧霞元君和送子娘娘巨尊塑像。大殿前方,完整地簇立着道教所具有的各处殿、阁、亭、台,十分壮观。每年的农历三月十五日,是传说中的碧霞元君真身圣临的日子,千多年来,每逢三月十五子时,有十多万香客沿数千米山道相拥登临四顶山帝母宫,拜谒许愿,其日其时,盛况空前。为此,我曾写了一首七律,略述即景:"宛如盘龙倚山行,龙首遥遥枕四顶。碧霞元君迓远客,送子娘娘迎香宾。仙源经古传佳话,古观历朝寄神明。幸逢泰泰安安世,唯愿代代世世兴。"

四顶山四周山际,柏松苍苍,绿树森列,山道幽远,酷似仙境。身临其境,我油然而生出一首五言诗:"树高风姿雅,林深山境幽。安然入仙源,品评无穷游。"如果你有机会走进去,恐怕会比我有更浓烈的兴致,更醋畅的诗意。

八公山西麓,紧邻合阜公路东侧,耸立着汉淮南王刘安墓,墓碑文为清同治年间安徽巡抚吴坤修所书。刘安一生的杰出历史贡献有两项,一是发明了豆腐

（初名为汉黎祁），因而墓的西南侧又立有一块新碑——"豆腐发祥地"。二是留下著名篇章《淮南子》。为祭奠刘安这两大功绩，我送其一副对联，上联为"聚天下贤士，谈经论道，著鸿篇巨制淮南子"；下联为"集人间精华，赍志潜心，酿美味佳肴汉黎祁"。

古寿州有内八景、外八景之说，而外八景多嵌于八公山上，如八公仙境、硖石晴岚、紫金叠翠等。当你登临古城墙宾阳楼北望，当你站在四顶山顶和茅仙洞旁俯视，你会目品到八公山的青峰叠嶂，你会心读及八公山的许多神传奇说，于是吟就了一首

回望八公

七言长诗："寿阳烟云茫苍苍，淝滨萧萧古战场。郢都尚遗宋垣在，淮王故事千古扬。八公松风声灌耳，紫金叠翠隐鹤羊。淮水如带接天远，硖石衔奇颂禹王。古城罹难两千载，历尽兴衰写沧桑。淮域琨峰葆秀色，苍山钟蕴日舒光。"

八公山人历来勤劳朴实，为了发展经济，进而扮靓这座名山，近十几年来他们苦心经营林果业，栽种优质梨，终于成就了万亩果园。每年仲春季节，这里又添一景，即已远近闻名的"梨乡雪海"，淮南王刘安和赵大将军廉颇墓被花团锦簇所亲拥。梨花盛开的时候，蓝天掩映，白云衔紫，催发了我一首七绝："亘亘楚山沐春风，绵绵素云罩八公。赵将淮王当怡然，酣卧梨乡雪海中。"

我用"畅咏八公山"作为文题，是想揭示我对这座千古名山的挚爱之情，但八公山的神韵在我的笔下是远不能完尽表达出来的，谨望能引发出人们更情邃意切的感念。

# 悦读寿春古城门

## ——写在寿县为国家历史文化名城二十年

国家历史文化名城寿县，遗存着三处国家级文物保护单位，分别是县城区的寿春古遗址、寿州古城墙和城区南郊的安丰塘。而其中最威仪壮观的是复建于南宋时期、至今仍保存完好的古城墙。现存的古城墙，全长 7147 米，完整无缺，外壁用块石护坡，内壁为土质斜坡，支撑着墙体，使其近千年来固若金汤。而其中尤为值得欣赏的是东、西、南、北四方城门和几经修复的门楼。

南门又名为通淝门，因东淝河发源于南端瓦埠湖而得名。巍然并立的三孔城门和雄峙其上端的门楼，宏丽庄伟。城门楼南端是百里平川，视野宽阔；北端可直视八公山仙峰四顶山的苍幽景致。由此，我欣然为通淝门题联为："南眺淝水，俯览寿春荣盛；北瞵紫金，仰观风鹤沧桑。"

宾阳门取紫气东来之意，是为城东门。现仍保留内外两道城门和瓮城，因禁止机动车通行，宋城的砖石和独轮车车辙原貌清晰可见。宾阳城楼为 20 世纪 80 年代中期重新修建，端庄古雅。门楼东端为著名的秦晋淝水之战古战场，来游览的人无不留下倩影，以为纪念。特别是在天朗气清的上午，你一定能体味到"笃迎紫气濯寿域，哂纳清晖洒春城"的惬意。

"远瞩长淮，楼映一湖晚照；近瞻尉升，门盈千顷绿波"，是我为寿州古城西门定湖门的撰联。西门外是古寿西湖，曾一片汪洋，千重绿波。20 世纪 60 年代中期，围水造田，这里曾被辟为军垦农场，现为省农垦系统的一个大农场。此处为古寿州外八景之一"西湖晚照"。无论是古景还是今景，"一湖晚照"依然，"千顷绿波"永存。

靖淮门

靖淮门为北门。因北临淮河,而又希冀淮河安宁、不以为患而名。实际上,寿春城淝水东绕通淮,历史上为患多多。新中国建立后,1954 年淮水下溢,淮堤溃漏,是时寿县古城四门关闭,城内安然。1991 年,大水围城,南、北、东三门闭封,西门为通道,使城内十数万人心安。我想,这其中定有"楚风汉月千秋景,淮水灵山万古存"的使然。

我以悦读为题书寿春古城门,是为纪念寿县为国家历史文化名城二十年,虽自觉浅薄,但胸臆深远。

# 故乡的小南海

小南海是一座小寺庙,坐落在我家后街东一方近4000平米水塘的塘中岛上。岛的南端搭一不足两米的木板桥作为水陆通道。庙称"南海",当然其中供奉的神像为观世音菩萨。我所居住的古镇有近千年历史,这座寺庙建于什么年代,我记不清楚了。我的父辈也没有信奉神灵烧香拜佛的习俗,但因为庙与我家相邻,且我在入小学读书后,上学放学必从其门前经过,所以给我留下了永久的念想。

小南海最热闹的时候,是每年农历二月十九日的庙会。是日,不大的塘中岛庙前,人声鼎沸,热闹空前。其中最隆重的活动是"抢红子",就是庙里的老斋公(住持老尼姑)在庙前临时搭起的台上抛撒出数块红布,抢到红布的预示有喜事,尤其是婚后无子女的特希冀这块红布,大人们说特灵验。

小学校里的孩子们不知道从什么时候开始,凡要毕业的学生都成群结队地去庙里乞求观音菩萨保佑能顺利考上中学。相沿成习,我毕业那年也与要好的几个同学进庙焚香祈祷了一番。可升学考试后,如愿的还是平时成绩较好的。

20世纪50年代中后期,中国大地张扬起总路线、大跃进、人民公社"三面红旗",兴起了一股每年冬季抽干塘水挖塘泥积肥的高潮。小南海庙前便搭起擂台,红旗招展,号声震天,男女老青齐上阵,"黄忠队""穆桂英队""罗成队"队旗森列,那场景实在令人振奋不已。

60年代初,老斋公去世了,当时又兴起反对封建迷信的风潮,就没有人敢继任住持了,于是先是居士房倒塌,后来木板桥腐杇,小南海成为水中空阁,往日的热闹再也看不到了。接踵而来的"文化大革命""破四旧、立四新",导致观音殿被拆,观音像被砸,连老尼姑圆寂时的坐缸也被搬走了。"文革"中期,我应征入伍,两年后返乡时,连塘中岛也看不到了,甚是遗憾。

　　老家如今已是一个拥有数万人口的大镇,经济繁荣,铁路、公路(国道、高速)纵横,可像小南海,还有九仙洞、珍珠庙(江西会馆)这样的传统宗教遗迹已荡然无存。我们深切地期待着它们的复出,以使这块繁华的集镇能长留古文化的历史脉痕,重显古镇人即将消失的美好记忆。

第二辑
# 人生化理

椰佔三
春色芽
爲画座
初春於古壽
竹白石

# 李白饮酒的三种境界

唐人李白,字太白,号青莲居士,祖籍陇西成纪(今甘肃秦安)。隋末,其先代因罪徙西域,幼时随父迁居绵州彰明青莲乡(今四川江油)。少时好剑术,轻财任侠,善作诗赋。天宝初,经诗人贺知章推荐,召赴长安(今陕西西安),供奉翰林。后因蔑视权贵,遭谗去职,浪迹山水,寄托深远,客死安徽当涂。世人送给李白的有两大美名,一曰"诗仙",一曰"酒仙"。所谓"李白斗酒诗百篇"之说,道出了李白与酒极其浓厚的情结。

溪月饮酒图

品读李白的诗,不单多与酒联缘,且又多是酒后而成。他的酒诗充分体现了三种思想境界:一是以酒抒怨,即借酒消愁。像大家所熟知的乐府旧题《汉鼓吹铙歌》十八曲之一的《将进酒》,诗中"古来圣贤皆寂寞,唯有饮者留其名"和诗尾的"五花马,千金裘,呼儿将出换美酒,与尔同销万古愁"。前句是说自己虽也曾供奉翰林,但与历来圣人贤者一样,都被冷落而寂寞,只有那善饮的人才能永远留下美名。后句则发出看破尘世的呐喊:牵来名贵的五花马,取出价值千金的狐皮裘,快叫侍儿拿去换得美酒,让我们共举杯来消融这万古长愁吧。另外,李白在《梁园吟》诗中的"人生达命岂暇愁,且饮美酒登高楼"句,在《襄阳歌》诗中的"百年三万六千日,一日须倾三百杯"句,在《友人会宿》诗中的"醉来卧东山,天地即衾枕"句等,都表达了一酒解千愁的心境。其次是不屑权贵。如《庐山谣寄卢侍御虚舟》一诗中的"我本楚狂人,凤歌笑孔丘"句,是李白自比春秋时楚人接舆(在孔丘到楚国时,在他的车前唱歌)笑孔丘迷于做官,表明了李白弃官归隐的决心。另在《忆旧游寄谯郡元参军》诗中的"黄金白璧买歌笑,一醉累月轻王侯"句,在《流夜郎赠辛判官》诗中的"昔在长安醉花柳,五侯七贵同杯酒。气岸遥凌豪士前,风流肯落他人后"句等,都表露了李白蔑视权贵的胸臆。再则是寓酒于情,就是以酒会友。李白诗中的这种意境有很多表达。如七绝《客中行》写道:"兰陵美酒郁金香,玉碗盛来琥珀光。但使主人能醉客,不知何处是他乡。"又如《赠刘都使》诗中有"高谈满四座,一日倾千筋"句,《侠客行》诗中有"三杯吐然诺,五岳倒为轻"(意为饮酒时的许诺重似倾倒五岳)句,特别是《月下独酌四首》中的"天若不爱酒,酒星不在天;地若不爱酒,地应无酒泉"一首,诗中"酒星"是指天上主宴飨饮食的星名,"酒泉"是指城内有酿酒金泉的地名。我想李白要表达的真意是,上天要是不爱酒就不应设酒星。大地要是不爱酒,就不应有酒泉这座城市。而人要是不爱酒,就很难有志同道合的朋友。

其实,李白之所以能在饮酒中表达出三种境界,并不是"一醉方休"的使然,其诗中所言的"一日须饮三百杯""会须一饮三百杯"等是一种夸张的情致表白。我们应该用心领悟李白的挚友杜甫在《绝句漫兴九首》中的两句诗:"莫思身外无穷事,且尽生前有限杯。"

# 浮生适意即为佳

　　每年寒食节，人们都会循节求源想到介子推，赞美他功成身隐的高风亮节，慨叹其与母俱焚的悲壮行为。我就为他写过一首不成格律的七言诗："春催桃李绽芳华，欣迎寒食到万家。忠纯唯仰介子推，功遂身隐志烟霞。人生难能长作闲，世间希尊久淡雅。抱朴守真安吾素，浮生适意即为佳。"多数人都认为，子推超群拔俗的逍遥任性固然不足取，但其不居功利、不贪权贵的精神，确如千古圭璋，流光于今。

细雨清明

其实，像介子推这样的人，古往今来，不乏其例。古时候，还有个叫许由的人，可谓才高八斗，学富五车，为人们干了不少的善事，当时的朝廷看中了他的才与德，特遣使臣聘其为官。许由坚辞爵位还为其次，他竟然临池洗耳，认为耳闻官聘污染了他的听觉器官，而清洗之。世人颂其为"洗耳翁"。

我常留意现代为官人有无此类。近日读到《江淮晨报》副刊上的一篇文章，文载一军旅记者采访名叫陈秋村的老红军。陈老1929年参加革命，当时带着本村的16个小伙伴投奔革命队伍，历经土地革命战争、抗日战争、解放战争和抗美援朝战争。陈老身经百战，屡建战功，伤痕累累，身上还有四枚弹片没有取出，新中国成立后位居高位，被授予少将军衔。在该颐享清福的时候，他却向组织上递交辞呈，要求回乡村种地。陈老回乡40年，带领乡亲们改山治水、植树造林、绿化荒山1000多亩，富了一方百姓。如今，他种下的这千亩林成了县里的"绿色银行"，被当地百姓亲切地称为"红军林"。面对此举，不理解的人大有人在，而陈老道出了真谛："我当年带出的16个人在历次战争中都一一献出了自己的生命，作为幸存者，我对不起他们的家人啊！我今天能活着回来就是万幸了，我还做什么官呀？"陈老觉得对不起那些英灵。他无限深情地表示要回来替他们守孝，与亲友们尽力改善家乡的面貌。

现实生活中，我时常听到群众怨官，小官怨大官，大官怨高官，但到底怨从何来？你不妨如此思、如此想，无数革命先烈为了打江山连命都不要了，有很多连名字都没有留下来，而我们今天坐享其成还不满足，经常为了一些小事闹情绪，争高低，甚至买官、卖官，贪污纳贿。说句到底的话，人的欲望是无止境的，为贪欲活着的人心虚气短，只有做些好事才活得充实、自在。

# 放旷游物外　随缘钓趣中

## ——走近红雨的《钓趣》

　　史红雨所著的《钓趣》，粗识之以为只是趣谈鱼钓之事。我压根就不事鱼钓，因为素仰红雨兄的文笔，加之我爱书法，他善诗联，经常有些诗联与书法联璧的合作，于是便捧读了《钓趣》。岂知《钓趣》一书的侃侃而叙，平实所言，引得我爱不释手。读完后，我有四句感言，即极具知识性，充溢趣味性，吟诵的是和谐辞，传播的是养生经。

垂钓之乐

红雨的垂钓生涯算来五十有年。初涉钓鱼时刚读初一。为何？因父亲任教小学，月薪二十七元却要养活全家七口人。为减轻父亲的负担，偶试垂钓得益，于是便以钓养读，自食其力；于是便一发而不可收地有了入读假日钓、工作之余钓、遇事寻思钓；于是便积累了许多经验，如对天时、地利、人和的把握，对各种鱼性、鱼情的探微寻踪等等。其独具匠心的摸索与痴求，不拘一格的实践与历练，丰富了自己的垂钓智识。而这些可鉴可贵的智识，红雨都以无私的坦荡与大度，在《钓趣》中袒露无遗。

"趣"作为该书的显著特色，贯穿始终。首先是"趣"在作者对垂钓的感情，即在几十年生涯中所生、所长、渐郁、渐浓的情趣。工作前，钓鱼是为了助读；工作后，钓鱼是历练情感。为提高钓技，在生活困难时期舍弃一个有助于生活的学生去调换一个职钓之子，这是难能可贵的；为了探微，有数次夜钓而不归的兴致；为了出奇，而呕心沥血地探索草塘钓、肥水钓、特鱼钓、风霜雨雾雪露钓和春夏秋冬四季钓，这是情感的使然，兴味的力量。其次是"趣"在钓中乐。由于掌握了专深的钓技，尽管有时也吃了些苦头，但红雨每次出钓满载而归的多，比钓友收获薄的少，空手而归的几乎没有，何而不乐？三是"趣"在钓中奇遇不断。如井中钓鲫鱼，山涧中钓螃蟹，水塘中请"甲鱼"，野堰钓虾等。还有钓友甩钩却钓到公鸡，挂到兔子，打中麻雀，甚至钩住钓友的鼻子，还有大龄男女因迷钓难找对象，后鱼线连姻缘之奇闻。此外，"古人钓迹""国外奇钓"，更引人入胜。

作者以《渔歌子·四季垂钓》（并序）为开篇，以"生活和生产的糅合、机会和智慧的碰撞、动态和静态的品味、甘甜和酸楚的回忆、社会和自然的交融、做人和做事的感悟、兴趣和乐趣的展示、真情与实感的流露"八言自悟，道出了由垂钓而奏就的和谐之弦。更难能可贵的是：红雨由教师转为行政官员后，不失垂钓之乐、之趣，体味到"钓鱼可体察民情，增长见识，缩短与农民的距离"。于垂钓中，他推荐并培养出全国农民致富典型胡登玉，结识了善钓黄鳝的渔民船主，遇雨钓鱼不成巧而投食了"照本超"饭店，发现了一心为公、朴实憨态的湖乡守渔人"傻子张"。此外于钓中悟理寻招解决了像建农贸市场、修城区下水道、办外贸产品加工厂等一些紧系民生的难题。真可谓钓中生乐，钓中有为。难怪作者慨言：我钓鱼认识的朋友很多，情感交融至今不忘。

《钓趣》二十六章（国外奇钓除外）之篇尾，作者以"侃钓"为题，以简约的二十六"有"为结束语，沉淀出了垂钓的养生之益。红雨说"钓鱼能平和人的心态，锻炼人的意志和修养"，又说"钓鱼既是回归到老百姓，又是回归到大自然。

它具有赏画之娴雅,浏览之旷达,弈棋之睿智,吟诗之飘逸,其乐其趣无穷!这项运动交织静、动、惊、险、娱的循环,其刺激性之强,兴奋度之高,吸引力之大,足以令其他运动相形见绌"。古人亦有其说,孟浩然诗曰"垂钓坐磐石,水清心益闲",李白《古风》诗曰"昭昭严子陵,垂钓沧波间。身将客星隐,心与浮云闲",白居易的《渭上偶钓》有句曰"微风吹钓丝,袅袅十尺长。……况我垂钓意,人鱼又兼忘",范成大《念奴娇》词称"一笑闲身游物外,来访扁舟消息。天上今宵,人间此地,我是风前客"。垂钓的养生之理众多,幸有《钓趣》附录的"咏钓唐诗宋词一百首",有待细细品味。

# 雨润秋气清

我应征从军的时候,入伍前的体检比较简单,对年龄的要求也放得很宽,一起参检的小到十五六岁,大到二十六七岁,有的已是两个孩子的父亲了,但政治审查特别严格,三代以内的直系、旁系亲属必须清楚、清白,即使是去世多年,也要在政审表上说明生前的政治面貌和故去的原因。我因祖籍在外省,父母的所有亲属中,除几个子女外,均不在世了,解放后又划定为贫民成分,政审顺利通过,体检合格后,就被批准入伍了。

到部队后,我先被留在机关从事公务,时而给首长誊写些材料,后又被送到地方报社学习新闻报道写作几个月,当年底当上了副班长,同时又填写了入党志愿书。可意外的是,党支部大会没能通过,原因是我的政审外调材料上,对我伯父三十多年前的死因有两种说法,一说是被红军打死的,一说是被土匪打死的。这在当时政治大气候下,可是个重大的社会关系问题。由于我伯父死在祖籍的外省,因此要搞清问题比较困难。一个多月后,组织上安排我到农村"支农",入党的事就搁置下来了。一晃半年过去了,入党志愿书按当时的《党章》规定,自然作废。当时义务兵的服役年限是两年,且明确规定,不是党员就不能提干。我是由城镇下放农村后当兵的,按政策退役后可安排工作,所以对入党的事就没有怎么放在心上。可组织上很替我着急,因为像我这样有高中文化,又能动笔写写材料的,部队太需要了。于是在以后的半年里,又安排人外调了两次,可两份材料,仍然是两种说法。眼看服役期限就要到了,我便做好了退役的思想准备。

当时分管我们机关工作的副政委是一名解放战争时期入伍的老同志，就在我两年服役期满之时，找我谈话说："小胡哇，你不要光想着退伍。我相信你的社会关系没有什么大问题，就是你伯父死在红军手里，也不能影响到他死后十几年才出生的你，况且他的死还有另外一说。你的父亲是个贫民，他最清楚他哥哥是怎么死的，你要他写个真实材料寄来，我相信他的觉悟。"我父亲是个忠厚的老中医，他如实写了份说明材料，并言明，如查有不实，愿接受一切处罚。就凭着这份材料，我在入伍两年后竟也入了党。

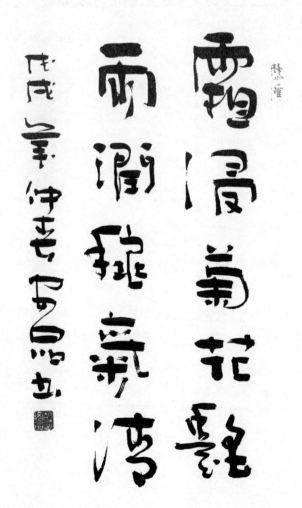

既然入了党,组织上就把我列入了提干对象,可要提干,就必须有符合程序的政审材料。于是又派人到我出生地调查,找了多位老人走访、座谈,我伯父仍然死因不明。又是一年过去了,又一轮退伍工作即将开始。面临去留,我很坦然,组织上器重我、信任我,四次派人外调,又接受我入了党,我确实很满足了。没想到在确定退伍名单前,部队又安排两名得力干部到我伯父死亡的祖籍地进行调查,并要求一定要想方设法弄清情况。经过外调人员的认真寻访,证实了我父亲的说法。这以后,我当然顺利地提了干,并且在军队一干就是三十年。

　　"霜浸菊花艳,雨润秋气清。"我们应该珍视和爱护今天政治清明、社会和谐的宽松环境,在社会主义的大家庭里,畅情逸志,精进不息,做一个有德、有为、有用的好人。

# 文蕴苍深育新人

　　寿县作为国家级历史文化名城，以其厚重的苍深文华，滋养出一代代文化精英。如今华夏国势振昌，文苑繁花似锦，于是便涌现出一群文情并茂、才艺有成的新人。这里不妨诗诵一下其中我所熟知的几位。

　　余江，笔名轩昂，大学毕业后情系桑梓，毅然返乡在宣传部门从事新闻写作，在文丰笔畅后，开始文学创作，20世纪90年代末有散文集《古城纪事》出版。该书以极为平实的语言，分"家住古城""凡人素描""往事难忘""确有其事""有话想说""寄情山水"六章，抒发了对古城寿县的挚爱之情。我细读后欣然赋诗一首："家住古城"爱古城，《古城纪事》寓诚真。"凡人素描"寻常事，素笔拨动身边人。"往事难忘"倾心述，如缕如烟情结深。世路曲直连邻友，"确有其事"细品茗。"有话想说"难尽语，"寄情山水"溢心声。满派轩昂充气宇，如水文章平实情。

寿州孔庙大成殿

　　农历癸未年桂月，以著名作家鲁彦周老师为首的安徽省文学艺术界的专家、学者和由总编季宇先生带领的《清明》《安徽文学》杂志社的全班人马,在寿州宾馆举行了一次文学创作研讨会,主题是评介鲁甄女士刚出版的散文集《在古城过日子》。此次文化活动在寿县可谓盛况空前,几十名省知名文学评论家、作家济济一堂,探究寿县文化的深厚渊源,认可并褒奖鲁甄女士的创作成果,昭示古城文学创作的发展前景,实在难能可贵。鲁甄原籍淮北,长期生活工作在寿县。多年来,从拿起笔探索耕耘,再到文学创作成果斐然,首先是其自身刻苦与灵性相融的结晶,同时也得益于寿县这块文化底蕴深厚的沃土给了她驰骋的空间。《在古城过日子》文笔细腻流畅,情感朴放真挚,内蕴深厚,博得众口称妙。研讨会上,我即席写了一首七言诗:鲁氏门第彰文秀,唯怀真情读寿州。绘声绘形抒沧感,倾诚倾心探世由。锦心绣笔流精粹,清词丽语泻思幽。学问漫漫赖勤取,文途渊渊逐风流。诗尾两句表达了我对古寿州文学创作美好前景的瞻望。

国家级文物保护单位安丰塘(芍陂),历时两千多年,古风灵润。青年作家赵阳(笔名楚人),就是在这里学习、生活、成长起来的,其性情爽直,勤奋善思,从水利部门而后又到政府机关工作,在较为广泛的爱好中,犹精于文学创作。他善于观察生活,探索人生真谛,经过了十七年的历练,终于成就了书集《四季人生》,真乃是"十七度四季人生,十七载文坛耕耘。安丰塘古风灵畅,楚文化滋育楚人。百姓事秉笔直抒,古城缘意切情真。炼真功书径幽远,澄虚怀修身励行"。今天有了良好的开端,要修得真果唯需精进不息。

青年画家谷朝光,笔名散岩。作画后,常在名前冠以"寿阳长客"四字,由此可知朝光原籍非寿县,但成长、成才于寿县。他从入学、从军到任教数十年如一日情注丹墨,其国画作品取法广博,不主故常,无论山水、人物,还是花鸟,都自然而然地体现出了毫无忸怩、毫无做作的朴质从容和洒脱飘逸,也体现出了切进又走出传统的慧悟。甲申之年岁杪,朝光的"中国画作品展"在淮南举办,遗憾的是当日大雪纷飞,我又因事在肥,于是便草成了一首贺诗:"情结丹墨聚内功,不主故常追传统。痴心泼出一池水,满纸云烟写苍穹。"

……

写到这里,我想用省略号来表示我的意犹未尽,此时,我又想到了三年前《今日寿州》问世时,编辑约我写就的一首诗,其后四句是,"仙肌恳与苦寒近,灵心唯能辉绯光。津门有别四海异,文苑寻景看寿阳"。这篇短文只是捕捉了今日寿州精彩纷呈的文化场域之一角。我们深信,新时代的文化新人们一定会承继先贤,为寿县的文化史册续写辉煌。

# 难得书生知稼穑

上小学的时候，就学过唐朝诗人李绅《古风》中的一首五绝：锄禾日当午，汗滴禾下土。谁知盘中餐，粒粒皆辛苦。我虽一直生活在城镇，而后又从军、从政，但耕作之事却一直伴随着我，其中的苦与乐遗味无穷。

我读书的年代正值20世纪50年代中期至60年代末，当时所有中小学校的大门两边围墙上都书写着大幅标语："教育为无产阶级政治服务，教育与生产劳动相结合。"这是毛泽东同志亲自制定的教育方针。从小学三年级到高中的课程表上，专设有劳动课。劳动课的内容，小到在学校的花园、菜园锄草、栽种，大到给农村的生产队送肥、助耕、助收。记得上小学四年级的时候，正值过"粮食关"，我当时已十二岁，可每月只供应17斤口粮，其中还搭配有杂粮。时逢放暑假，学校安排我们下乡收割小麦，吃住在一所农村小学。我们根本没考虑过收割的辛苦，更没有顾忌晚上在那睡觉还要忍受蚊虫叮咬，只想到能吃饱肚子就行了。结果是夜里睡麦草，白天两餐吃磨碎的麦粒煮熬的稀饭，硬撑了一个星期，当时有没有苦的感觉，现在一点也记不起来了。给农村送土杂肥，这是每学期都要干的事，因此那时城镇的学生必须得常备两样东西，一是粪筐，二是铁锹。土杂肥得自备后挑到学校集中。肥料讲究质量，一般的黑土不行，牛粪因肥效差也不行，非得发酵后的杂肥才能过关。

进入中学后，每个班级都有一大片菜地，学校还在史河滩辟有麦地，每逢劳动课，便安排耕种、施肥、田管等农活。这样，"汗滴禾下土"的辛劳我们体会犹深。农活干得多了，我们都适应了这种学习之余放松心情的生活，反而喜欢上了劳动课。高二刚入学一个月，"文革"开始了，农村的学生大部分都回家干农活了。我们这些城镇的部分同学便经常结伴而行，去附近的山上砍拾干柴做燃料。我当时虽较瘦弱，但体质没毛病，来回六十多华里的路程，竟也能肩挑近百斤的担子，其中有苦，也有解除寒窗之劳的怡荡之乐。两年后，伟大领袖发出了"知识青年到农村去，接受贫下中农再教育"的号召，我们纷纷写申请，要求到农村插队落户。由于过早过多地接触过稼穑之事，我们对下放农村视若平常，而且几个同学相约在去农村之前，安排了一个名曰"有意识地磨炼"的活动，即在一个风雨交加的秋中之日，进山砍柴。那真是一路风雨，一路泥泞，一路跌摔，柴挑到家，人已变形。家里人心疼得不得了，我们个个却都乐滋滋的，因为那份"罪"是我们自找的。

下放农村后，只干了三个多月的农活，种了一季麦，修了一条渠，我就当兵了。头一年，在省城度过，没想到第二年，安排我到农村"支农"。在一个生产队的队房里一住就是一年多，吃在群众家，既要给群众挑水，又要参加劳动。那时候我们的任务是帮助农民实现粮食亩产"超纲要"，强行推种双季稻，冬季消灭空白田，普种"红花草"绿肥。在水稻品种上推行矮秆化、良种化、纯种化，消灭传统的高秆、低品种，扩大复种面积，这就是我所总结，后在这个县推而广之的"三化两灭一扩大"。过去我只接触过旱粮和蔬菜种植，"支农"这一年，我算是补上了水稻栽种、收割这一课。从拔秧、栽秧、锄草、施肥、收割到脱粒，竟都能熟练地掌握了，成了一个较合格的农民。

离开"支农"第一线，我又意外地随部队到了一个新的去处——军区农场。农场里驻扎着两个步兵连，是两个下放锻炼待分配的大学生连，可热闹了。由于农场位于皖西丘陵地带，耕地全部为水稻田。这样我在"支农"期间练就的手艺算是彻底派上用场了。好在我是老兵了，又有些文化，领导安排了我一个采购员的差事，主要是购买种子、肥料、农药、农具等，少干了不少农活。以后虽由机关到连队，不专事农活了，但部队都有小农场，自耕自种补贴生活，因而与耕作之事始终缘分没断。

党的十一届三中全会后，农村实行大包干，土地责任到户了，支农的事渐渐少了，但躬耕之苦，恤农之情，已浓浓地与我融为一体，我确确实实地丢不掉它。现在城里的孩子们都是喝着蜜水长大的，他们不事农，不近农，不知农，远没有了那份情感。现代新闻学兼书画家范敬宜先生,在《浣溪沙·夏锄》词中有这样两句:"难得书生知稼穑,犹堪明目辨良莠。"我觉得,有条件的学校,不妨适当安排些劳动课,否则"四体不勤,五谷不分"将变成未来的悲哀。

# 江流曲似九回肠

## ——我的几度奇遇

　　大千世界，万物同在，芸芸众生，无奇不存。我在不到一个甲子的人生岁月中，竟也有过不少的奇遇。时过境迁，回想起来，异感无尽。

　　两度死生。三岁的时候，我刚刚记事，给我印象最深的，是渡过一道生死关。一天上午，三哥（当时只有七岁）带我到附近的米厂去玩，但途中必须经过一道石桥，桥面不足一米宽。去的时候很顺利，可回来的途中突然看到一个疯女人，急切间，我便跑着奔向石桥，结果跌入水塘中，虽塘中水不算深，但连淹带吓，我便不省人事。我只知道当时三哥也跳下水把我抱住，但是怎么救上来的怎么也记不得了。年近五旬的时候，我从部队转业，待分配工作期间，一天午饭后，我与同事乘车外出，由于驾驶员对路况不是太熟，结果在突遇下坡时发现前面几米处停有一台拖拉机，紧急刹车已来不及，只有左打方向，可偏偏遇见一辆小车也向中间正面驶来（该车冲坡时恰见一沙堆，上面有几个孩子在玩耍），始料不及的车祸发生了，什么都没能来得及想就休克了。我当时坐在副驾驶的位子上，事后得知车门已打不开，车右方严重变形，小车报废。我当时是由两个交警砸开车门后抬出来的。幸运的是，除一颗牙齿断裂，右脸、肩和膝盖部分外伤外，竟无大碍。有的同志开玩笑说："看到报废的车况，你应该不在人世了，真是福大命大呀！"

　　两度从军。高中毕业后下放农村，三个月后征兵开始了，我当时身体很瘦，认为体检肯定过不了关，结果身体啥毛病也没找出来，就这样去了部队。由于文化程度较高（当时高中毕业生极少），又老实干事，当年底当了副班长，又填写了入党志愿书,遗憾的是,因家庭有些社会问题搞不清楚,入党没有通过,半年后已填写的入党志愿书自动作废。直到两年后,经部队五次派人到我祖籍老家调查,才澄清问题入了党,可这时候和我一起入伍的战友有不少已提升为连级干部。入伍第四年,我被提干,入伍第十年,我因家庭有实际困难,组织上批准了我的要求,调到了原籍县人武部工作。八年后,军队精简整编,全军减员百万,内地县级人武部成建制交给地方管理。

漫漫人生路

我们集体脱下军装,办理了转业手续,成为地方干部队伍的一员。但人武部仍然作为地方的军事部门,接受军地双重领导。又过了十年,为顺应新时期国防建设的需要,县级人武部又收归军队建制,我又成为一名军人,重新授予了军衔。为此,我曾写过一首回文诗,以表感念:"情钟戎马戎钟情,进复出来出复进。事随时移时随事,心系国防国系心。"三年后,我要求转业的报告被批准,成为当地县政府的一名官员。

两度婚姻。四十年前的一场"文革",破灭了我的升学梦想,下放农村,应征入伍后曲曲折折的经历,又淡化了我的生活情趣,直到二十九岁时,在年迈多病的父母的催促下,与一个战友的亲戚结婚。虽然婚前不相识,婚后我还是接纳了妻子的一切。忙工作,忙生活,忙育子,日子也算平静。可天有不测风云,人有旦夕祸福,共同生活十年后,妻子突发疾病,三年间两次住院数月。我当时是机关一名中层干部,沉重的工作担子,繁杂的家务,加之病妻的坏心情,我真是好难受、好难受。恰在此时,组织上安排我到另一个县人武部担任领导职务。听到消息后,我曾彻底不眠,狠下决心给上级领导写了封信,表示感谢领导重用,还要求在原地任原职。可是组织上的决定难违,我只有携妻带子到异地任职。又是八年过去了,在我即将步入"知天命"之年的时候,妻子病情恶化,不治而逝。一年多后,我安排好孩子的工作,在朋友们的热情关心下,又找了个贤淑通情又同病相怜的老伴,重新开始了顺意的生活。

　　我已年近花甲,还有一段人生路要走下去,这其中也会有酸甜苦辣。可是我心已平静如水。我既没有"千淘万漉虽辛苦,吹尽狂沙始到金"(唐刘禹锡)的奢望,也没有"万里乾坤千里目,欣从奇险得奇观"(清查慎行)的妄想,我只记住柳宗元的两句诗"岭树重遮千里目,江流曲似九回肠"。在险象环生的人生旅途上,在惊涛拍岸的岁月中,我们只要修炼好意志和定力,就能战胜艰难,战胜挫折,把握美好的今天,拥抱灿烂的未来。

# 偶享助学金

20世纪60年代，我正读高二，在经历轰轰烈烈的大串联后，学生们都按上级决定回到学校，但部分农村偏远地方的同学因各种原因未能返校。我们原来的班主任系教导主任兼任，因停职接受批判，就由生物老师代任。其他科目的老师，上课也是应付，部分同学觉得学不到真知识，干脆也不来上课了。

学校的一切都不正常了，但给予困难学生的助学金在一段时间里，上级还照常拨付。因为学生少了，享受助学金的条件自然就降低了。我这个家住小镇、家境较差的学生也有幸领取了每月两元钱的助学金。当时，少数民族学生每月还有一元六角钱的生活补贴费，我是回族，当然又多得了这份补贴。我在家排行老小，因为全家六口人的生活负担全靠父母每月四十多元的工资，所以自我记事起就没有穿过新制的衣服，要么是父亲的旧衣，要么是哥哥的施舍，甚至姐姐的衣服我也能将就着穿，可我从来没埋怨过父母。时我已为高中生了，也年近二十之龄，不想穿件新衣那是违心的，于是这些助学金加上补贴费便派上了用场。

当时年轻人流行穿黄军装，我又是学校"毛泽东思想宣传队"的成员，更需要一套时兴的演出服，但镇上的所有布店黄布脱销。父亲是医生，经常到乡下巡诊，我便把两个月积攒的助贴费交给他，在乡下的一个小布店买了一丈多质地较差的黄布做了一套衣服，这是我记忆中第一次穿上新衣。我颇爱打篮球，一直想有一双球鞋，不久便用一个半月的助贴费买了一双深腰胶底帆布鞋。冬天在鞋底多放点棉垫，它又成了保暖鞋。天冷了没有棉裤，我又用两个月的费用买了一条卫生裤(即绒裤)。但好景不长,不到一个学年,一切正常工作和生活都被"文革"打破,助学金和少数民族补助费都停发了。为响应"知识青年到农村去,接受贫下中农再教育"的最高指示,我和同学们纷纷写申请,主动报名到农村插队落户,但家里实在腾不出一床被给我带走,我只得用最后还结余下来的助贴费买了一床灰色棉毯,与另外一个下放同一生产队的同学搭床。好在插队三个多月,征兵开始了,幸运的是体检、政审合格,被顺利批准入伍。离家前,新衣新被都不愁了。当兵对有的人来说意味着吃苦,可我却感觉是进了天堂。

我在部队曾辗转数地,军训,长途拉练,支农种地,啥苦都尝过,但我都能承受得了。三十年后转业到了地方工作,又十年后退休。回顾四十多年的工作和生活经历,虽也有过不少挫折和痛楚,但我切身的感受就是心满意足,知足。

# 今古奇"三"

"三"在自然数中是个极不惹眼的小数，然而，细究起来，"三"确有着许多奇趣。像生活中富有哲理的谚语"三人行必有我师""三个臭皮匠，顶个诸葛亮""三日不见，当刮目相看""一个好汉三个帮，一个篱笆三个桩""三思而后行""三招见奇功"等等。又如生活中约定俗成的习惯：新娘三天回门（娘家），婴儿三天洗礼，春节三天送年，学徒三年期满，喜庆三日欢娱，逝者三日入殓，喝酒头三杯同饮，开业头三天优惠，评优头三名重奖，官居头三位为尊。

有趣的是，人们的思维活动也总是被"三"字牵引，离不开"三条式"，如写材料无"三"（个方面）不成文，做报告无"三"（个问题）不尽意，总结经验无"三"不完备。像人类活动的三大要素"立志、工作、成功"（巴斯德），自学的三大原则"广见闻、多阅读、勤实验"（戴布劳格林），读书的三个步骤"储存、比较、批判"（卢梭），学习所具备的三种毅力"信心、决心、恒心"（陈景润），青年必须有的三大基础"思想基础、科学基础、语文基础"（郭沫若），人生的三大暗礁"自满、自大、轻信"（巴尔扎克）等等。

很多生活和自然现象也是脱不掉"三"，如部队以有海、陆、空三军称强，武装体制以有军、警、民（兵）三方为全，地球主要有山、水、陆三形态构成，人肤主要以黑、黄、白三种色区分，动物由头、身、尾构成一体，植物有根、茎、叶而生存，物理上有三角稳定，哲学上有三维空间，语法上有主、谓、宾，数学上有勾、股、玄，战术上有三三队形，射击上有三点瞄准，星星有恒、行、卫三种，历史分古、近、现（代）三期……

更值得考究的是，"三"在诗文中常常出现，而其运用往往不是数量上的实指，多数具有广大之意，如唐李白《别山僧》诗中的"腾身转觉三天近，举足回看万岭低"，这里的"三天"指高空；唐祖咏《望蓟门》诗中的"万里寒光生积雪，三边曙色动危旌"和明谢榛《榆河晓发》诗中的"云出三边外，风生万马间"，其中的"三边"均泛指边疆；李白《战城南》诗中的"万里长征战，三军尽衰老"和毛泽东《长征》诗中"更喜岷山千里雪，三军过后尽开颜"，其中的"三军"均指全军。此外在诗文中经常出现的"三江""三春""三秋"多泛指江河和春、秋时节。

在正常的公务活动中，"三"总是被作为有限和有效期数，如我国法律对刑事和民事案件开庭审判时间的传票和通知的送达、被拘留人员是否批捕等都规定在三日内进行，生意交易中的取、发货多以不超过三日为限，甚至医生开处方也只限于三天剂量。

总之，"三"的妙趣无时不有，无处不现，信手可拈，俯身可拾，它着实令我们回味无穷，遐想无尽，也许我们能从中悟出点什么来，也许它会使我们永远陷入迷津。

# 难忘那份农民情

20世纪60年代末期，大、中、小学校停课已近三年，滞留在城镇的初、高中三届学生（后称"老三届"），在毛泽东的"知识青年到农村去，接受贫下中农再教育"的号召下，纷纷上山下乡，到农村插队落户。所幸的是，大批知青都有着高涨的革命热情去响应"伟大领袖"的号召。更难能可贵的是，在中国农村人多地少的情况下，广大农民却以更大的热情，真诚地接受了这些与他们争工分、

丰收在望

争口粮的城镇青年。我当时在农村插队虽时间不长，但农民对我们的那份关爱、呵护，令我永生难忘。

我与三个同学下放的生产队有近三十户人家，一百多口人，人均只有近一亩地。但队里有公用队房，而且大队部就坐落在本生产队。按说四个知青暂住在生产队或大队公房都是可以的。可队里考虑我们都是孩子，又刚刚离开城镇，离开父母，得有家照顾，于是生产队长就主动腾出一间房子，在生产队十分困难的情况下，在我们插队前就支好了床，架起了锅，买好了水缸、水桶等。队长夫妇把我们当弟弟，队长父母把我们当儿子。队里的男男女女们常来嘘寒问暖，使我们下放初始就找到了一种"家"的感觉。

我们毕竟是几个男孩子，自己烧锅做饭很困难，但四个人都在队长家搭伙显然不行，因为队长家有三代近十口人，我们又要长期生活在这里。于是队里决定安排我们一家一户轮流吃"派饭"，一方面熟悉各户人家情况，一方面学习如何生活。要知道当时农民都不富裕，生产队里一个满劳力日工分值还不到四毛钱，而且到秋后才能兑现分红。有的家庭还有特殊困难，但全队二十多户全部承担了"派饭"任务。在下放的头一个月，我们的日子比在家时过得好，因为每家都把我们当作客人招待，农民们虽然平时自己舍不得吃喝，可每户人家中午都要给我们安排个荤菜，条件稍好的有鸡、鸭或肉，条件差的也有个鱼或虾。吃过一轮后，我们亲眼看到了每户的光景，亲身感受到农民们的真诚，再也不好意思接受队里的二轮安排了，坚持自己开伙。每天收工后，我们两人挑水、两人烧饭。为了节省我们的伙食费，队长又特许我们免费用队里的稻草、麻秸做燃料。就这样小日子逐步安稳，我们的心也渐渐安定了。

队里人均不足一亩地，产量产值决定着工分值和口粮量。一下增加了四个青年落户，这就意味着每户的负担加重，收入要相应减少。但这些朴实忠厚的农民们硬是不打这个小算盘，反而处处考虑着我们知青的收益。记得生产队召开社员会，第一次为我们四人定日工分。当时一个响当当的强劳力可得十分工，可大家一定要给我们也定十分，理由是我们已是青年人了，应视为壮劳力；同时我们下放正值秋末冬初，没多少技术活要做，而且我们几个干活确实很卖力（因为我们家住集镇，干体力活都有基础）。我们确实过意不去，坚辞这份真情，结果一致通过评定为九分五厘，只给我们减去了半分。下放两个多月后，队里决定给我们盖居住房了。当时建房经费由国家按标准拨付。为了节省我们的建材搬运费，队里派出两个人、两架板车，到四十公里外的木材供应点，冒雨徒步来回四天将木材运回，建房都是队里派人免费出工。下放四个月后，三间房屋建好了，我也应征入伍了。应征入伍通知书直接送到队长家，队长父母代我家长接收了通知书。生产队又卖出部分余粮，破例提前兑现了我的工分款。我依依不舍地离开了我的第二故土和第二个家。带着这份厚重的农民情，到部队后，无论是到农村支农还是在军垦农场劳动，我都怀着十分的真心。

我国改革开放已经历了三十年的历程，人们都知道万事开头难，而改革开放这个难题，又是农民首当其冲地经受了风雨。三十年过去了，城市扮亮了，城里人生活舒适了，可为城市建设付出巨大代价的农民工现在仍有诸多事关切身利益的问题难以解决。当今，在城里人深怨副食品涨价的时候，就没想到近十年粮食每公斤只涨了八分钱(由 1.50 元到 1.58 元)，而我们的工资又增加了多少? 中国是个农业大国，中国仍是个经济欠发达国家，我们必须看到，在相当长的一段历史时期内，敦厚善良、大度勤劳的广大农民理当是中华民族坚实可靠的脊梁。

# 父 情 绵 绵

父亲生于清末,逝于20世纪70年代后期,八十年间历阅沧桑,给我留下难以忘怀的是六个字:贤和、识世、谐趣。

父亲终生以字"仲凡"行世。仲,因排行老二;凡,即做凡俗之士。观父亲一生,名副其实,其从师、从商而后从医至老,与人无争,安分守己,终以人尊。

谓父予贤和,是镇子内外的公评。父幼时从师塾读,刻苦认真,所学诗文,读熟莫忘。我读小学前,即随其诵背古诗文,计算百数以内加减,入读小学时,以满分通过口、笔试。在以后的各个学段,父亲只给我严格的教诲,从不予以责骂。古镇上远亲近邻的孩子和我的同学们亦常偎而敬之,候父亲边秉壶品茶(一生离不开小瓷茶壶),边絮叨没完没了的古训趣谈。想起来,我还算天性通理,读小学一、二年级时,父教我视师如父,尊听师言,我对老师不敢言"不"。小三时,我便为班长,一直到高小毕业,一墙奖状。其实,我的智商不算高,加之当时家境贫寒,身体状况极差,常因病缺课。我曾想退学在家学医(当时父亲从事中医外科),但父亲在一通训诫后,手抄一副行楷对联贴在我床头,其内容为"眼珠子,鼻孔子,珠子反居孔子上;眉先生,胡后生,先生不及后生长"。此联是以面部五官妙喻事理,意即在儒学上,宋朱熹继承并发展了孔子的思想,有新的建树,而学生作为后生,只要刻苦努力,就能在将来赶上甚至超过老师。当时,父亲已五十多岁了,他把烂熟在心的吕蒙正刻苦攻读(在寒窑内铺青灰,盖草帘,为在寺庙求食而遭小和尚"饭后钟"羞辱)最终学成的故事,一遍又一遍地说教于我,同时教我书法、音乐,使我以优良成绩在最艰苦的年代读完了小学、中学。由于"文革"期间学校全面停课，我没能遂父愿继续升学。在一个阴雨霏霏的早晨，父亲深含惜怨地把我送到了"接受再教育"的又一天地。

谓父识世，乃为无奈之言。人曰"识时务者为俊杰"，其意涩深。我言识世，是说父亲在非常年代的爱子之情。父亲虽出身贫寒，但由于祖父含苦供其读书习礼，终有小才，靠本身自食其力。他走过了风雨飘摇的清末、民国时期，新中国成立后不久，又到了正是"抓辫子"年代，不得已，在我走出校门时送我一副十一言对联曰："世路崎岖，未曾举步先观地；人情反复，非真知己莫谈心。"（据说是诸葛亮所作，未予考证）我毕竟已是高中毕业生，说懂事、沉稳也罢，家景世境促熟较早也罢，我终算读懂了父亲的心思。若日、若月、若年来，虽世事时过境迁，但我始终能秉承父愿，一方面工作兢兢业业，不敢懈怠，一方面在待遇上处处知足，从心底里没有妄念去高处看。

谓父谐趣，不尽例举。自我记事起，父亲负担日重，母亲中年染病，终年不能离药；二哥又不从父心，常为家庭添烦不断。七十岁上，父亲不幸中风，瘫痪在床，但我最佩服的是父亲一生从不言难、不嫌烦，他给予儿女的永远是一张笑脸，一腔热望，一怀挚爱。父亲初得中风后不久，我从部队返家探抚。一次，因其抵抗力差引起右手掌感染几乎通掌腐烂，年迈瘦弱的母亲为他换药时长半小时以上，我们观之十分痛切。父亲却不然，他在随口唱出韵味十足的京剧《空城计》中诸葛亮城楼观景的唱段后，笑对着眼睛高度近视的三哥道出一首古时一妇人谐趣其深患眼疾的丈夫的打油诗："笑君两眼甚稀奇，子立身边问是谁；乌鸦落地寻纱帽，黑犬眠街当皂衣；日透窗棂拿弹子，月移花影拾柴枝；因观画壁磨撞鼻，为锁书箱夹断眉；更有一番堪笑处，吹灯烧破嘴唇皮。"十分夸张有趣的语言，不禁使母亲和儿女们释然而乐。

父亲如果健在，已是超百岁的老人了。他去了二十多年，我为老小，也已年过半百。我总在想，中国传统的贤和、积极的识世、适度的谐趣终归是需要的。不知道遇见此文者是不是与我有同感。

# 由"天意"说开去

又是一年春节要到了,我们照例组织几个书法界的朋友到基层义务写送春联。往年安排在乡镇敬老院,今年我们特意安排在瓦埠湖船上,为渔民写春联。写好后,一老弟蹲在船上涮笔,一不留神,口袋里的手机掉进了湖水里。因为活动是我组织的,见此情景很过意不去,我知道这个手机价格不菲,而且是他的爱女给他买的。可还没等我开口致歉,他却脱口说道:"天意呀,破财消灾啰!"联想到近期热播的长篇电视连续剧《楚汉传奇》中项羽的军师亚父范增,因刘邦的谋士陈平施离间计迫使其辞官,还家途中临终前慨叹道:"此乃天意也!"他深明,自己的气数已尽,而项羽的残局也将不期而至。该剧结尾处,刘邦战胜项羽建立大汉天下,被奉为天子后也自语道为:"我刘邦何德何能哪?我文不及张良,武不过韩信,理财政治税收又不如萧何,但他们都能拥戴于我,此为天意呀!"

何为"天意"?这不是一句自我解嘲的说辞,它是一种胸怀洒脱的大境界。有这种大境界的人可以接应顺境,也能承受逆境,他进退自如,宠辱不惊;他没有遗憾,没有自满,与抑郁格格不入。

某人面对仕途,坦然豁达。他在某个职位上一干就是十几年乃至数十年,由于他洁身自好,薪水足可养家度日,礼待亲朋,一生舒心安泰。某人身患疾病,他积极接受治疗,健康饮食,适度锻炼,结果几十年过去了,依然身心如故。某人悉心经商,有赚有赔,后来他发财了,可万贯家产却败在儿子手里,后代不争气呀。某人中年丧妻,他痛苦过,但那只是短暂的一段时日,他整理好思绪,安排好孩子后，又重新组织了家庭，"天意"造成的灾难，被他理智地化解了。

中国自古有文人相轻之说，这错吗？我说不错。你在艺术上有些成就，背后有人指指点点，说三道四，这很正常，你可视此为激励。通过努力获取的每一步成功，都是前行的新起点，因为这成功都是不经意间的"天意"所促。天意造物也造人，造精神也造智慧。世间不可能万物一容，千人一性，你听到贬语就要欣然接受，以后的路该怎么走还怎么走，因为艺术最珍贵的是痴意的迷劲和不衰的玩心。我很赞成这句话："成功者的秘诀是为所钟爱的兴趣发狂。"

道家的本旨就是"天人合一"。平性见物理，和顺得天真，"天意"就是事物的偶然性与必然性的碰撞，该发生的就要发生，发生了就应从容以对。坦然地接纳"天意"吧，它不是迷信，不是传说，是哲理，是真实的人生。

# 炳心如月焕清秋

光阴荏苒,岁月倥偬,倏忽间,鄙人的大半生已逝,古稀之庚飘然而至。年幼时无知,年轻时无羁,年盛时无逸,乃至年老,身疲心惫时才顿悟,这架老机器该要保养检修了。

"生辰幸逢开国,从戎卅载已过,军旅生涯,上上下下,悠悠、曲曲、折折。"本人生逢新中国成立,三十年从军,曾几经调任,到地方工作时已至天命之年。"人逾中年不觉,岁月五旬已过,韶华渐逝,品品思思,忙忙、匆匆、蹉蹉。"春华夏荣的年华已去,人生逢秋时,由于盛年以忙碌为第一要务,疲积惫累换来了亚健康的身心,才知道养生该提上日程了。

养生是个综合课题,它包括生理和心理等各个方面。及至花甲之年,我的亲身体验是"每朝十里行,情注诗书文。堂前弄蔬草,物外得清平。常使经络活,谙通膳食经。淡然享天年,永葆精气神"。这期间,几经迁居后,我住进了一个小区,有了个小院落,种点蔬菜,堂前屋后植点果树和竹子。如今十年过去了,我又有了新的境遇:"老来忍同旧居别,阆苑十载凝谊结。鸡鸣犬吠猫戏竹,鸟啼蜂喧梅衔雪。榴红柿翠满庭艳,蔬俏瓜鲜一垄偕。但得斜阳夕照时,胜景恰与耆情约。"

养生的要旨在于多方位,常坚持,这就需要有恒心和耐力。据世界卫生组织近年统计,全球人均寿命是71.4岁,而德国人均寿命则达到81岁,我们中国人均寿命为76.1岁。为什么德国人均寿命长?这与其生活习性和养生观念密切相关。从饮食上讲,德国人顿顿吃大蒜,天天喝牛奶,每周都吃鱼。从生理上

清秋

看,他们站的多坐的少,穿戴随意,心态宽松,生病不滥用药物。在职的懂得忙里偷闲休息,退休者想法找乐子充实幸福,他们觉得健康可以积攒,而疲劳可不行。因为积攒疲劳容易导致生理功能、免疫功能和神经调解功能紊乱,最常见的结果是感冒,最恐怖的是癌症,最危急的是心脑血管疾病。九十多岁高龄的新闻漫画大师方成有几句顺口溜:"生活一向很平常,骑车画画写文章。养生就靠一个字:忙。"他强调的是老有所为,老有所乐,而乐可以使人身心和谐,可以让人忘掉忧愁,可以促人精神愉悦。为此,我觉得老人们都应该从容一点,潇洒一点,开朗一点,明智一点,随和一点,放松一点,淡泊一点,想开一点,这样一点一点地积攒,就会知足常乐,安享康泰。"练书法悬腕伸腰,写诗文不用电脑。常骑车安然便捷,快步走辅加慢跑。寡思虑心清气爽,每餐食七分为好。结挚友三二即可,积健康不攒疲劳。"这是我古稀之年的养生偶得,不知道老年朋友们是否与我有同样感受。最后以一首小诗续尾:

一度春风一岁流,平生甘苦伴白头。
留得潇然神韵在,炳心如月焕清秋。

# 恭访耆贤周墨兵

　　丁酉年是淮南文坛耆贤周墨兵的本命年。周老年届九七高龄，一生曾从学（曾就读于安徽学院艺术科），从军（黄埔军校第 18 期步科毕业），从政（淮南市博物馆任职），但笃意于修文、修艺、修身，从而成为淮上著名的考古学者、诗人及书画家。正月二十日上午，我偕书画同道一行登门拜望时，他颈围红巾，脚穿红袜，精神矍铄，言谈举止聪睿健朗、为人谦恭，记忆力超强。谈话间情不自禁地忆起与寿州挚友孙剑鸣（司徒越）的亲密交集，慨叹其过早离世。询及其长寿秘诀，他笑答："没有良方，放松随意即可。"并随口吟出一首《九十七岁自娱》："人生九十亦寻常，好事无如翰墨香。有限晚生仍足惜，每天一画一诗章。"因其从事文博考古和诗书画研创工作多年，周老被尊称为"活化石""活字典""活文献"，可我觉得他的精气神可谓是"活神仙"。为沾染其文智和"仙气"，我不由自主地借来同行者的红围巾与周翁合影留念。

　　我因酷爱诗、文、书法，此次前往也有求教之望，就带去一幅横批行书，内容为《道德经》第二章："天下皆知美之为美，斯恶矣。皆知善之为善，斯不善矣。故有无相生，难易相成，长短相形，高下相盈，音声相和，前后相随，恒也。是以圣人处无为之事，行不言之教，万物作而弗始，生而弗有，为而弗恃，功成而弗居。夫唯弗居，是以弗去。"这里，老子首次提出了"无为"的观点，当然他所讲的"无为"不是无所作为，随心所欲，而是要以辩证法的原则指导人们的社会生活，帮助人们寻找顺应自然、遵循事物客观发展的规律，教导人们要以圣人为楷模，不管是从事什么行当，都要有所作为，不能强作妄为。我写这段话，不单是书法艺术上的求教，也是对周老一生为人为事、为艺风格与精神的体悟和尊崇。文中的"为而弗恃，功成而弗居。夫唯弗居，是以弗去"，正印证了他一生平和淡泊，不为物役，不趋荣利，不恃功为，而得以人与其洽，天予其寿。

为不打扰周老的过多时间，我们畅叙了半小时后便欲辞行，但他却兴致盎然地取出一幅刚画好的红梅横批诚送于我，并现场题写了一首自作《七绝》："一支画笔舞东风，点染梅花别样红。更有新诗记今日，淮南尽在朝霞中。"并认真地钤上两方印章。更令我们一行感动的是，临别时他执意送我们从其居住的二楼至一楼。与周老告别后，我心绪难平，望其背项，尊其情怀，草就了小诗一首，以抒胸臆：

耆贤周墨兵

> 淮上耆贤尊墨兵，年偕百庚润颐神。
> 平生笃修诗书画，腹底饱孕君子情。
> 梅兰竹菊风姿雅，花鸟虫草趣意深。
> 岁逾期颐有真气，祺乐无际永遇春。

墨兵尊翁，今日我们要与你同乐，明朝我们要与你同庆，百岁之后，我们还要与你重启青春。

# 寿考康强佑大年

周墨兵（右一）

戌年正月十二上午，天气乍暖还寒，阳光和煦，老天给了我们一份好心境。带着这份心绪，我与几位朋友按早已商定的计划，去淮南市拜望文坛者贤周墨兵老人。按照周老去年此时给我们的印象，我想今天见面时，一定会是期颐之人，九八高龄；精神矍铄，耳聪目明；往事历数，精言睿论；展纸挥墨，书画栩生。

听说我们要来，周老早已打扫好房间，准备好茶水、水果。身着深蓝色呢外套的周老，见到我们时，健步出门迎接。果然，还是那份情怀，那派身姿，那种精气神。一阵寒暄后，老人取出早已准备好的几幅字画，分别诚送，我们感动不已，欣然接受。

为欣染寿晋艺臻的百岁老人的精气神，我们当然没有忘记与周老合影留念，接着便坐下来忆史谈今，说诗论文。同去的书画爱好者尚云，在谈话间隙，取出带去的一本书画折页，商请周老留下墨宝，虽时值严寒，但老人却爽快地脱

068

去外套，毫不推托地提笔悬腕，一刻工夫，几枝墨竹便跃然纸上。画毕，又信手写上一首自作的吟竹七绝："破土穿岩脱颖生，凌云不改故园情。松梅风义兼师友，折节千秋写汗青。"

周老居住的房屋为20世纪80年代末的老楼二层，不过六七十平米。屋内陈设简单，一式旧家具。墙面的粉白大部分已脱落，地面是后贴的普通地板砖。不足六平米的北阳台，封闭后辟为盆景、花石陈设间，很是雅致，一派生机。其中竹兰为多。世间清品至兰极，贤者虚怀与竹同。老人一生绘画，也酷爱竹兰，尤以竹为甚。陪我们观赏时，我便想起他所作的词《巫山一段云·写竹》："直节清癯貌，年年解箨抽。一枝一叶写春秋，高调许同流。晴雨还朝暮，风敲听小楼。个中至性有刚柔，对影小窗幽。"把竹子的清、幽、刚、节，描绘到极致。

谈及周老何以能高寿康强，不外乎他一生不折不扣地秉行"淡泊"二字。正如古人云："不解养生偏得寿，须知无欲即成仙。"他曾从学、从军、从文、从政，有地位、有影响。记得1954年初，他在淮南从事文教工作，著名京剧大师梅兰芳到淮南演出时，需设计特殊意义的戏票，书画兼善的周老欣然接受了这个任务，戏票绘制好后，梅兰芳十分赏识，特嘱多印100张留其珍藏，并与其合影留念。周老曾担任过淮南市文管所所长、市博物馆馆长、区政协副主席、市政协常委兼文史委主任、市诗词学会会长、诗刊主编，有过多部专著，但他清风两袖，不慕虚名。当时的市委、市政府领导曾亲自登门，要给他调住到好的环境，都被他执意拒绝，为了表达其坚执的诚意，他曾写出《新陋室铭》："楼不在高有窗则明，路不在宽能走则行。居我旧屋，养性修身。名利心已悟，是非耳不闻。藏书版本厚，下笔墨痕新，来往多知己，谈古又谈今。听笼中之鸟语，察盆景之苔痕。电视观天下，清风盈两袖，明月照三更。古人云，何陋之有？"

离开周老家时，他还是坚持把我们送下楼，并目送着我们的车子缓缓离去。盛情使然，我还是草成了一首小诗为本文续尾吧。

梅衔瑞雪妆仙源，犬报福音惠楚川。
丹青翰墨绘奇景，寿考康强佑大年。

# 第三辑
## 艺林养真

感与信美行
德与法相适

写宋苏轼之语 胡安品书

# 浅议中国书法的发展机缘

　　华夏的悠久历史，神州的灿烂文化，集中到汉字身上所折射出的光辉，就是书法。书法既反映了文化，又反映了历史。站在历史的高度去解读书法艺术，便能把握历史的脉络，促进书法艺术的进一步发展。

　　我们知道，整部书法发展史，就是一部繁纷复杂的社会思想发展史，亦即社会思想文化理念是书法发展的动因。初唐时期，政治稳定，经济繁荣，再加上皇帝的重视，这对书法艺术的发展来说，便是一个极大的有利因素。因此，初唐时期是我国楷书的全盛时期。作为这一时期的继续，虽然在中唐时期出现了安史之乱，但还是余风未尽，出现了一些能提挈一代书风的大书家。像独创"颜体"的颜真卿，上承二王，兼容初唐四家，又取六朝新风，出筋骨遒炼之体，创前人之所无。柳公权，书法自出新意，笔势遒劲丰润，刚健婀娜，可谓一纸千金，为世所贵。由于有盛极一时的社会文化环境和颜柳等一批大师的努力，使萌芽于西汉、发展于魏晋南北朝时的楷书（亦称正书）在盛唐时始臻完备定型。篆书是我国最早出现的文字，直到西周时代，由于周人对礼制的进一步提倡，才促进了金文的迅速发展。当时，他们把篆书铸造在钟和鼎这些礼器上，于是便有了长篇巨制的铭文，史称钟鼎文。至西周晚期，大篆成熟定型。而小篆的普及推广，则出现在秦统一六国后对奴隶制社会制度的大事改革时期，当时小篆即作为秦时期的通用文字，从而基本上消除了长期封建割据造成的文字结构及书风的地域差异，促进了统一后国内政治、经济、文化方面的交往，也为以后中国文字、书风的变革发展打下了良好的基础。与此相反的是，隶书的发展成熟却经历了漫长而艰苦的过程。隶书是由篆书转化而来，它打破了篆书曲屈、回环的形体结构，化圆为方，变弧线为直线，化圆转为方折，从而改变了篆书的笔法，提高了书写的速度。隶书是随着人民经济、文化生活的需要而产生的，本来在战国时已形成，但在西汉末，由于受到王莽复古改制政策的影响，奉行厚古薄今的文化观念，迟滞了隶书的成熟发展，直到东汉桓灵时期，才取代篆书而风行天下，整个产生过程前后约三百五十年。

　　再从历史上各个时代的书法风格来看，无不深刻地打上了当时社会思想文化背景的烙印。如晋人崇尚清淡，所以晋代书风洒脱自然，一变汉以来质朴的风格，推陈出新。像东晋大亨四年（405 年）初刻制的《晋振威将军建宁太守宝子碑》，全碑 457 字，书风稚拙奇古，体势方厚。此碑方笔直入，大朴大雕，意态天成，变化莫测，清代康有为评其曰"端朴若古佛之容""朴厚古茂、奇态百出"。而在此前的晋人王羲之，人称"书圣"，其不但创意出笔画清圆、结体端正的楷书字体，同时又把行书推向鼎盛，在隶楷书变成楷书、章草变为今草的过程中，起到了非常大的作用。羲之的七子王献之行草书成就甚至超过其父，书体更具姿态、更为骏利。再看看北魏时期，由于北人性格剽悍，加之民风淳朴，所以，北魏书风也质朴剽悍。像郑道昭所书《郑文公碑》，笔势洞达，宽博凝重，浑厚雄健。而《张猛龙碑》，则结构茂密严格，笔意方峻遒美，世为魏碑中方笔的代表。

　　如今中华崛兴，文星耀彩，时代为书法艺术发展提供了有利的契机。有人说，现代书法所面临的是曲折萦回的变革年代，而书法风格也处于一步三摇、曲折回还，有彷徨、有回归、有徜徉、有新变的特殊时期。而我总觉得，现在的书法艺术已呈现出日新月异、精彩纷呈的盛景。特别是经过"十年动乱"进入 20 世纪 80 年代后，出现了前所未有的书法热，可以说竞赛与展览热此起彼伏，各类书法组织应运而生，函授班和正统书法院校的书法教育已成气候，并逐步走向完善，书法专业的专科、本科、硕士、博士已形成了一个完整的体系，跨地域甚至国际的交流日益频繁，书法大家们风格各异、自领风骚，并引领出数以千万计的书法众生登上书法舞台。寿县籍书法家兼书法评论家余国松先生曾十分自信地指出"当中国书法以其独特的艺术感染力'征服'世界、风靡全球的时候，世界性的书法艺术大师必将在中国出现"。所有书法界的志士同人，应伴随新时代前进的步伐，辛勤耕耘，奋发努力，把书法的过去、现在和未来紧紧连接起来，要坚信中国书法艺术走过了成熟的过去，走进了繁荣的现在，也必将走向辉煌的未来。

# 功深则艺邃

## ——略谈学书的功力

学好书法，重天分，重学养，尤重功力。"宝剑锋从磨砺出，梅花香自苦寒来"，这句箴言用在书法学习上，则劝勉人们，凡欲涉入书坛者，不可急功近利、不务实学、力趋捷径，只有脚踏实地，潜心摹练，集力而行，方能避开歧途，直奔堂奥。

在书法艺术上独步当代的"草圣"林散之先生，一生治学严谨、庄敬自律。他曾说："我不是天才，因为肯学，弥补了才气的不足。"林先生从十七岁开始，坚持每天早晨起床后即写一百字，直到四十岁。六十岁前后，写唐太宗《晋祠铭》，每天两张纸，八十几个字。他说："做人是学不完的，我到九十多岁，日日不辍，依然是个白发小蒙童，天天在学，越学越感到自己无知……时间用于治学尚嫌不足。"先生七十二岁时，不幸堕入热水浴池被烫伤，右手无名指与小指卷曲同手掌连在一起，从此只能用三指执笔。为练肘腕活力，苦练太极拳，克服困苦，仍然临帖练笔不辍，接连临写了《淳化阁》《白云居》《戏鸿堂》《自叙帖》等。他曾作诗云："伏案惊心七十秋，未能名世竟残休。情犹未死手中笔，三指悬钩尚苦求。"自谦未出名，实际名扬海内外，手残情更笃，苦求笔法真谛，以"半残老人""残叟"署名的书作被人们视同拱璧。

古今书法大家们，无一不是苦学成才者。东汉草书家张伯英，勤奋好学，爱古好奇，一生热爱书法艺术，擅长草书，尤工章草。他在书法的探索上很下苦功，连家里做衣服买来的布，都要先在上面练字，然后才拿出去洗染。他临池学书，池水尽黑。他学章草，专心致志，举一反三，通过整理将章草提升为今草，成为第一代草书书法巨人,世人称他是今草之祖。南北朝时隋书法家智永,学书不但遵王羲之笔法,而且发扬王羲之的刻苦精神。他居永兴寺内苦学书法三十年不出阁,用坏的笔头堆积起来像是坟墓,故有"退笔冢"之称。他通过勤学苦练,终于掌握了东汉张伯英的书法风格,又理解了右军的意象笔法。其笔力纵横奔驰,能真能草,尤工于章草和草书,曾苦写《真草千字文》八百余本,分赠给各寺庙,成为传世佳作。唐代草书家孙过庭,自幼家境清贫,一生勤奋好学,人品高尚,中年时曾做率府录事参军,不久既遭谗议去官回家。回家后家庭日加贫困,身又患病,处于十分困苦之中。但他意志坚贞,不求官,不为利,不畏贫苦,发奋攻书,专心致志地分析各家作品,研究诸家理论,取其精华,去除糟粕,终于获得巨大的进展,取得了新成就。他总结书写的书法论文《书谱》,为我国的草书书法艺术事业做出了卓越的贡献。唐著名狂草书家张旭,善于钻研传统的书法理论,曾苦心探究钟繇、王羲之相传的《笔意十二法》,并执意深入自然和生活,仔细观察万类,分析研究,精益求精。他在体会意象、深化笔意、笔势的比喻和笔法运用上,分析力新颖超人。当他外出见到公主与担夫争道时,悟出了草书结构上的生让关系;回府听到锣鼓打击的声音后,从中悟出笔势来;观看公孙大娘舞西河剑器,又从中悟出笔意的神趣。由于其如痴如迷,刻苦钻研篆、

隶、楷书笔法,整理提高了今草,创建了狂草。他创作了许多优秀作品,大都具备高尚的意境。当时,张旭草书与李白诗歌、裴旻剑舞一起被称为唐之"三绝"。唐代又一著名书法家怀素,之所以能以狂草称著,是他长期勤奋刻苦学习的结果。据《怀素别传》和《国史补》记载:怀素家贫无纸,曾自种芭蕉万余株以供挥洒,又制了漆盘和漆板,在上面反复练习,以至后来把盘、板都磨穿了。他把用秃的笔埋起来,壅成土堆,称为"笔冢",可见其用功之深。现代书法家于右任,幼年家贫,母亲早丧,由外祖家抚养长大,七岁入学,读书用功。于先生的书法基础是魏碑,进而行楷书,中年后期又苦心致力于草书的研究。他学书法一丝不苟,步步扎实。如学魏碑,主要是精读、闭目画帖、记忆,从而融会贯通,再逐步以隶入楷,化篆、隶、草于行楷之中。他学写章草,是一天记一两个字,两三年内即可执笔。在编写《标准草书》的过程中,又使他的草书自然地转入今草范畴,并且融汇各家草书精髓,逐步探索攀登草书艺术的高峰。其晚年草书作品,更令人赞赏,堪称现代书坛上的一颗明星。

"业精于勤勤而能立,行成于思思则必学。"有志于书法艺术并决意学成的人,要记住,凡事无捷径可走,成就只属于那些终生勤勉的人。

# 探究万物　触类旁通
## ——谈书法艺术创作的生活基础

　　人类一切艺术都来源于生活,因为万类的物象美,原存于大自然和生活之中,书法当然也不能例外。

　　梁武帝在《草书状》文中描写草书的形状为"疾若惊蛇之失道,迟若渌水之徘徊,缓则鸦行,急则鹊厉,抽如雉啄,点如兔掷。乍驻乍引,任意所为。或粗或细,随态运奇。云集水散,风回电驰。及其成也,粗而有筋,似蒲萄之蔓延,女萝之繁萦,泽蛟之相绞,山熊之对争。若举翅而不飞,欲走而还停,状云山之有玄玉,何汉之有列星"。这些生动的纸上物象是书写者在书写中随机应变、随意运奇而产生的,说明了书法家从仔细地观察自然和生活到认真领悟形成概念,又把大自然的物象旁通于书法之中,使人对生动的点画产生物象的立体和交织似锦的飞动之感。

　　就行草书而言,其书写结构的艺术标准为飞动、参差、连续和匀称等。所谓飞动,就是富有生命力,生机盎然。它要求字如飞鸟如林,如惊蛇入草,如斗蛇相绞,如山虎相斗。或如清水中的群鱼争游,如原野上野兽的奔驰。再如舞剑女挥剑起舞,运动员争相抢球,少年儿做柔软体操,电工在凌空操作。这些活力和生机,都含蓄在龙蛇走动的意象、笔意、笔势、运笔的表意之中。所谓参差,就是长短、高低、凹凸、大小、歪斜相杂相融。参差的源头,均出于自然和生活的物象,由书者认真观察和领悟,绝不是凭空臆造的。在强调参差的同时,又必须注意书写结构的连续、对称。如同树林一样,虽然参差不齐,但皆成直立之状。而一片树叶,叶脉虽然参差不等,但皆成对称之状。山峰瀑布直下,虽有参差之象,但皆成连续之势。书法的匀称,既有内在的,也有外在的。其一是要掌握重心,其形状或卧而似倒,或立而似癫,或斜而反正,或断而还连。这些都是行草书形状匀称的表现,但都必须稳住重心而后婉劲优美。卧而似倒,正如婀娜婉转的舞女翩翩起舞的姿态;立而似癫,正如贵妃醉酒后的舞姿狂癫;斜而反正,正如跳高运动员跃身过杆的弧形跃式;断而似连,正如杂技演员"连滚翻"腰似断而筋骨相连的滚势。这些惊险俊美之姿,全在于稳住重心,方显出匀称美。其二才是合理地分间布白。综上所述,使我们深刻体味到人类的社会生活是书法艺术的源泉。

正因为历代书法家都深悟以上道理,具备了观察自然、领悟生活的专精功夫和坚韧的表达毅力,才给人类留下了无数书法艺术珍品。如专精草书书法艺术的大书家张旭,用功最深,领悟最透,遇物有感,随机有悟,一切事物的动态,都可激发他的创作灵感,组成了优美的狂草篇章。现代有不少书法大家,都有丰富的生活阅历,如毛泽东、于右任、林散之,于是便有行万里路的豪情壮举,他们的草书风格和成就,都来源于师造化行万里的参悟。毛泽东有二万五千里长征的艰难历程,其诗词书法都能表现出他那飘逸的神思和激越的豪情。其内在的丰富的情感,汩汩流涌于笔端;其磅礴的气势和豪迈的情思往往一泻千里,令人目不暇接。沈鹏先生在《浪漫主义精神的高扬》一文中这样品评:"毛泽东浪漫主义行草书的杰作,强调个性,强调主观表现,纯然是高屋建瓴、所向无碍、汪洋恣肆、纵横捭阖的气概,着眼总体战略而又不拘泥一城一池之得失,自由烂漫而毫不顾忌胶柱鼓瑟之成规。"毛泽东的狂草可谓总体布局出其不意,强化了书法艺术的创造意向。于右任先生原籍陕北,自幼浸润黄土高坡、关中西风塞马强悍阳刚气质,以后又戎马倥偬西北—江南—台湾的数万里奔徙,因此,一走上书坛,就显示出了时代书风书貌。于先生晚期草书已出神入化、炉火纯青。日本的政治家兼书法鉴赏家,原首相福田赳夫在《墨之颂歌·前言》中说:"通过他(于右任)的笔墨将自己的个性、气质、才能及修养等在读者面前展现得淋漓尽致","书法界还有谁能像他那样将世态的变迁、人生的冷暖融入书法作品呢?"中国现代书法大家不少,但像林散之先生纯以艺术为目标,行万里路以师造化则绝无仅有,在世界艺术史上也不多见。林散之自负能在书法艺术史上站三百年,就因为他有这样一段特殊的人生经历。他认为书法的内功在师古人,师今人,写熟,博采众长;外功是师造化,师大自然,写生,中得心源。林先生而立之年拜师黄宾虹,黄不仅教以用笔之法,用墨之法,还教以"师造化"之道:

"凡病可医,唯俗病难医。医治有道,读万卷书,行万里路。读书多,则积理富,气质换;游历广,则眼界明,胸襟扩,俗病或可去也。"林先生遵师嘱,1934年孤身行越七省,跋涉一万八千余里,一路上风雨艰难之苦练人意志,人间奇境则沁人心脾,山水风云点点入画,丝丝入书,森列胸中,翻腾笔底,万里归来,得画稿八百余幅、诗二百余首。由于其书心奇逸,晚年学草,师法造化,已得心源,自然下笔不凡,实可谓"散圣林属,书站千秋代"。我们应孜孜不倦地追随前贤,努力培养探索生活的毅力,在书法艺术中倾注足够的心血和苦功,在书法创作中融入专精的自然形质,使中华民族辉煌于世的书法艺术之花常艳,书法艺术之树常青。

# 书迹是心迹的点绘

## ——简说"书如其人"

　　古代书法家常谈"书如其人",又说"书者,心之迹也",揭示了一普通的道理:人生观(心地、人品)能凸显书法者的境界和水平。正如清代文学家刘熙载所云:"贤哲之书温醇,俊雄之书沉毅,奇士之书厉落,才子之书秀颖。"

　　唐代中期的书法家颜真卿,字清臣,官至吏部尚书、太子太师,封鲁郡公,人称"颜鲁公"。他家学渊博,有文辞,光明磊落,为人端厚,主持正义,敢于直言。在书法上,他善楷书,兼工行草。《集古录》载:"唐人笔迹,见于今者,惟公为最多。"可见鲁公书法作品传世之多。尤可堪道的是,真卿所书《裴将军诗》,用篆、隶、楷、行、草五种字体,有暗有明,犹如风云突变,枪戟对垒;或如跳舞蹁跹,婀娜婉转。其中方圆点画俱美,长短张弛有度,全篇书体雄奇杂融,婉媚秀丽。用笔上显见如印印泥、如锥画沙的意境、雅趣,给人以寄情致于翰墨,染志气于松烟的无尽感势与崇高的人品的熏陶和教益。

　　唐代前期的书家褚遂良,也曾官至吏部尚书,封河南郡公,为人豪爽,为官清明,参与朝政,敢于直言,在淫威面前不折不屈。其人自性古雅风流,书法自成一家,书传甚多。其所书《倪宽赞》,用笔方圆结合,笔画动势强烈,点画起伏,顾盼呼应,有"见其书如见其人"的感觉,结字上紧下松,寓篆隶与楷法,风韵潇洒。

　　北宋诗人、书法家黄庭坚,号山谷道人,一生坎坷,由于能够客观地批评时政,虽有政治高见,学识渊博,但得不到重用,大半生处于困厄之中,特别是受谪调往贵州之后,生活极端贫困。然却不畏政治重压,其志人书,字字硬挺直立,

刚劲强健,终于创出前无古人的草书风格,流传于世的《寄贺兰铦》就是他人品和心理的反映。

南宋抗金名将岳飞,刚烈坚贞,精忠报国,不畏生死的英雄气概,在其书写的"还我河山"四字横条上展露无遗,后人无不受到深刻的爱国激情教育。

其他如唐代柳公权的庄严,宋代苏轼的工拙瘦劲,元代赵孟頫的凝重清新,现代毛泽东的飞动雄健……都表现出他们忠贞不屈、高风亮节的品质,给人们留下永恒的敬慕。唐代大诗人李白,宋代文学家欧阳修,现代文学家、思想家鲁迅,虽都不是书法家而其字却留传下来,被人视为珍宝收藏。人们欣赏其字,情不自禁地诵其诗文,品评赞颂其深厚的文学造诣和高尚人品,寄予无限的怀念。

历史上也有不少反面教材。如南宋投降派代表人物秦桧,是世人所唾弃的奸臣,他杀害抗金名将岳飞,贬逐张浚、赵鼎等多人,虽其书法很高明,但作为千古罪人,书法与名俱毁。再如宋代的蔡京,世列"六贼之一",作恶多端,祸国殃民,书法虽佳,但未进入四大家之列。而同时的蔡襄,被视为"世间豪杰之士",书法造诣深,当时书法界评赞他的书法为"本朝第一"。明代书法家张瑞图,书法功力很深,草书尤佳,独具风味,但是他做了窃柄祸国的太监魏忠贤的义子,并以此成为建极殿大学士,爬上了宰相的高位,人们看其字,读其人,满目丑恶形象。

现代著名书家林散之先生曾言"学字就是做人,字如其人。什么样的人,就写什么样的字,学会做人,字也容易写好","艺术家必须是专同假、丑、恶作对的真人,离开真、善、美便是水月镜花"。由此我们可以说,书迹的点画,是心迹的描绘。希望所有决意走入艺术殿堂,并立志学有所成的朋友,永远用心读透林散之先生的另一句箴言"做人着重立品,无人品不可能有艺品"。

# 书法之妙　得之内养

## ——小议书法的外功

钟爱书法艺术的人,在学习和创作的过程中经常遇到一个问题,就是难以打开灵悟之门。因为书法不同于绘画,绘画是直接模示客观形体的艺术,易于触动直观感觉,而书法则是通过较为抽象的点线、笔画,使人们从情感和想象里体会到客观形象的骨、筋、肉、血,从而以其灵动的艺术形象来启示人类的生活和意义。而书法要达到这种艺术境界,就需要有十分专精的功夫,就是说你必须得把书法艺术作为一门学问来做,你要认真学习并研究与之有关的相应学科。我们通常认为,这些学科大致为文学、哲学、历史、文字学、天文、地理、音乐、绘画、易理、佛学等等。

文学是一切学科的基础,特别是古典文学,因为没有古典文学的基础就读不通古文,这对于学习古人的书法理论是一个障碍。如唐人孙过庭的《书谱》,既是一部千余年来传诵极为广泛且文辞精美的书学名著,其中的"六论",即书法发展论、书体论、书家论、创作论、风格论和批评论,作为书家不可不学,不可不通晓,同时又是草书的典型范本。又如宋代苏轼的《论书》,寿县清末民初的张之屏所著《书法真诠》等,都是书者必读的书论珍作。另外,学习有关的古典文学,还可以引发对其他学科的广泛兴趣。如学习哲学可以究理思变,学习历史可以辨明兴衰,了解书法发展的历史和机缘,学习文字学可知书法之源流,学习天文、地理可解自然物象之奥秘,学习音乐、绘画可通线条、墨色变化气韵,学习易理可识阴阳互变之玄机,学习佛学可悟天地人生之法理。我们所讲的这些学科,不一定要门门精通,但要有所涉猎,有了这些基本知识或学问作为书法的外功,对于书法的精进以至直登堂奥是大有裨益的。

　　唐人张怀瓘在《书议》中说:"论人才能,先文而后墨。"现代林散之认为:"凡病可医,唯俗病难医。医治有道,读万卷书,行万里路。读书多,则积理富,气质换;游历广,则眼界明,胸襟扩,俗病或可去也。"可见,"学书尤贵多读书,读书多则下笔自雅"(清李瑞清)。纵观历史,古往今来,古无没有学问的大书家,也就是说凡是有成就的大书法家都是大学问家。如秦相李斯,东汉的蔡邕,东晋的王羲之、王献之,唐代的颜真卿、孙过庭,宋代的苏、黄、米、蔡,元代的赵孟頫,明代的董其昌,清代的郑板桥、何绍基,民国的于右任,现代的林散之、沈尹默、启功等著名书法家都是有书论、画论、政论或诗文等著作传世。寿县清末民初书法家张树侯,学识渊博,工诗词歌赋,善书画,精篆刻。其平生著作很多,有《书法真诠》、《淮上革命史》二卷、《淮南耆旧小传》、《尚书注》、《联语录存》、《树侯印存》、《晚菘堂诗草》、《诗文录存》等。于右任曾为《书法真诠》题诗赞曰:"天际真人张树侯,东西南北也应休。苍茫射虎屠龙手,种菜论书老寿州。"狂草大师司徒越(孙剑鸣),也是一个学者型的书法家,他博学多闻,对绘画、诗歌、篆刻、考古诸领域多有涉猎,其油画和速写功力颇深。他的篆刻作品有未刊稿《捉刀集》《冯妇集》两本,考古论文《鄂君启节续探》《关于芍陂(安丰塘)的始建时期的问题》均受到考古学界的推崇。

　　在本文要结束的时候,我想到了宋代大文豪苏轼,他学识渊博,外功深厚,据说他是很少有时间写字的,而他却是宋代排行第一的大书法家。他在诗中写道:"吾虽不善书,知书莫如我。苟能通其意,常谓不学可。"这说明学问是相通的,你的学问大,对事物的洞察力就强,因此就可以兼收并蓄,融会贯通,尤其是对艺术,必然可以产生灵悟。"退笔如山未足珍,读书万卷始通神"(苏轼),要记住,书法之妙,得之内养。

# 闲话题书

我爱好书法，因此，时常有同事、朋友找我题书。由于索字者处境、情志不同，我就不能都用现成的诗、联、格言去应付，而是用心思索，编撰相应的内容，以诚悦于对方，满足其心愿。

有一同事新居落成乔迁，嘱我写一幅字，因其名中有"松"字，多年来又辛劳勤恳，为人耿直，我就为他编写一首"咏松"诗："罹经磨难留斑驳，万针千簇朝天歌。立身鉴岩迥险处，长向人间展婆娑。"该同事把此诗熟记在心，常向人叙及。另一同事要我为其书房题一幅字，此人性情豪爽，胸无城府，且名中有"远峰"二字，我便用六尺对开纸为其写了四字横批"凌峰观远"。因正投其愿，虽时过很久，谈起这幅字的内容还意犹未尽。有一位老教师，因与我是诗书同道，故来信要我的书法集并有索字之意。老师几十年教书育人，退休后又笔耕不辍，著书立学，且名中有"运根"二字，我便为其写了副对联，把"运根"二字置于其首："运交盛世，缘结教坛育桃李；根系桑梓，情注文苑书华章。"接到对联后，老师甚喜，立即写了篇深蕴情感的文章，并在《寿州》上发表。前年冬初，一位七十岁退休老同志欲举办书画个展，邀我参加。受其老来勤学书画有成的精神感染，我信笔为其写了首七律："年届七十上古稀，墨翻衫袖勤执笔。莫叹遐龄桑榆晚，应秉痴心勃生机。永结清健乐余年，长襟松柏与鹤祺。百秩亦有三春景，寿以人尊福无移。"老人很高兴，此诗在报上发表后，他把报纸也珍藏了起来。全国劳模李文林，苦心经营林果业，终于成就了八公山万亩果园。我与书友们登门慰问，并为其撰写对联："寿春千古文明精韵长在，八公百顷林园盛势

求名文艺

欣成。"将"文林"二字巧嵌于其中，主人甚为高兴。

古城有两家较大的饭庄，经营有道，远近闻名，一名为"宏盛"，一名为"春鸣"。我为"宏盛"撰写一联为"高情远志宏图展，德厚流光盛业兴"；为"春鸣"撰写两联为"春风欣临福瑞第，鸣凤喜登吉祥门""阳春万里布祥瑞，凤鸣千仞传通灵"。每有客人光顾，品佳味，评书文，兴致平添。城关有一茶庄，取名"金鹤"，主人钟爱书法，墙上古今名人诗联不少。我为其题书时恰逢中秋时节，即赋五言诗一首："金秋娇明月，鹤寿尊祉康。世间百重乐，清茗味最长。"题点"金鹤"二字，以扬其名。皋城有一饭庄，名"金麒麟福人食府"，主人为我的故乡叶集人。第一次与朋友在该店就餐时，感觉有一遗憾，就是没有叶集特产菜羊肉，建议常设此菜。主人欣然同意后，嘱我一定为其写幅字，于是我为其撰写了一首诗："皋城娇隐金麒麟，福人食府品佳珍。山馐海味家常菜，叶集羊肉伴清茗。"最后一句是提醒食者在吃过羊肉后要以茶解膻。自撰诗联写得多了，我便乘兴出版了一本诗联手札选集，并由著名作家鲁彦周先生为之作序。

其实，书法创作就是把严谨性和生动性联系起来，赋予不同的情感与形式，老是抄写唐诗宋词和古今名句就缺乏激情。书法与情相通，与理相融，与道相合，因此，好的作品使观众首先感到的总是扑面而来的情感力量，不仅能愉悦耳目，更能历练情志，回味无穷。

# 有感于斋号题名

　　大凡钟情文化艺术的人，家中都辟有用于读书、创作、陈列并品赏佳品的空间，称工作室或书房等。讲究些的总为其冠以斋号，并书写制成匾额后，悬挂于门楣。我因酷爱书法，书写的行隶墨气比较厚重，故常有文友邀我为其书斋冠名、题书。

　　为书斋冠名是一件颇费心思的活计，因为这些人都是各文化门类中较专业的名家，所取斋号要让其称心如意才行。因此，最基本的要求是，一要符实，即其所爱好的文化门类是什么，所具有的个性是什么，必须弄清楚。二是通畅，即好读，上口，雅而不涩，俗而不土。三要耐品，即其意蕴含有致，耐人寻思品味。

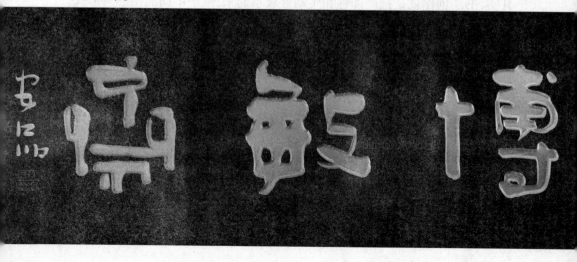

我的故乡是个文化底蕴深厚的古镇，近年可出过不少小有名气的文化人，特别文学创作方面颇有些来头。有一个女作家，是一名具有硕士学位的高级教师，工作上兢兢业业，工作之余勤奋地忙于创作，写出了大量文质兼美的诗文，出版发表过的散文、诗歌类作品有百余万字，还多次获得省、市及国家级奖项。之所以有如此丰硕的成果，我想应该是博闻强识使然，是敏思勤耕的促发。于是我便从唐白居易的诗句中寻出"精强博敏"四字，为其书房取名为"博敏斋"，并刻成木匾。每每观此匾，更激发出她奔放的创作热情。另有一个家门侄女，是个公务员，长期在基层担任领导职务，但工作之余勤于文学创作，也曾发表过近百万字的诗文作品，有多本散文、诗歌结集出版。由于其名字中有个"静"字，而言语和举手投足间又给人以宁静的感觉，加上其极善于细致地观察生活，积累文材，我便取"文蕴静积"之意，为她的书房冠名为"静蕴斋"。

与这两位在古镇上并称为文学领域几朵"金花"之一的还有一个人，她热情开朗，很爽快地视我为亲缘关系的长辈。因出身较为贫寒，没上过多少学，经多年生活磨砺后，她与丈夫开了个很像样的金店。她酷爱读书，更喜爱诗歌，初试创作后便一发而不可收，继诗集《槐花如雪》出版后，去年又有新诗集《听风的女子》面世。诗是这样开头的：听风/独自站在高处/南风刮过/北风又来/看落叶随风/落花成雨。她曾经认为自己也是一片落叶，被风吹来吹去，"嫁与东风春不管，凭尔去，忍淹留"。既然如此深情地爱风，颂风，于是其书屋便有了现在的冠名"听风斋"，可谓通俗、上口、随意。

我所客居的这座古城，文风浩荡，文化人门类齐全，尤其是书画和收藏家居多。有两个收藏颇丰的朋友，一个喜石，一个爱玉。石来自于山，大气朴拙；玉精出于石，细腻华美。我为喜石人的藏室取名"艮朴斋"。艮为八卦之一，代表山，朴是自然的未经雕琢的拙奇之物。爱玉的藏室较宽敞，且有字画相辅，我为其冠名"集琦堂"。琦即指美玉，也有珍奇之意。

近年来，我为十数朋友的书斋取名、题书，其中有两个斋号是信手拈来的。我有个老同学，是个写散文随笔的网上高手，他的名字为"声明"，网名为"明过有声"，我理解为"言为明智的心声"。他自己也想了几个两字的斋号，用两字冠斋号是常规，但我俩协商后打破了这个规矩，定名为"明过有声堂"，上口、好记，更重要的是熟悉他的人都能够欣然接受。还有个书画家，为人爽直，性格开朗，名字为"尚云"，我为其也考虑过几个命名，但偶然在一副对联中得到启悟："笔端尚造化，意表出云霞"，其本名"尚云"不是有很妙的寓意吗？最后定名为"尚云居"。

　　为文友的斋号冠名、题书，益智遣兴，和书画创作能修身养性一样，我会坚持做下去。

# 书法慎用繁体字

　　爱好书法的人都知道，书法是指"以毛笔表现汉字的艺术，它是中华民族优秀传统文化之一"(《中国大百科全书》)。而书法创作时书写汉字的规范性要求，就是要用繁体字。

　　我们从历次的书展和少数碑刻中发现，有些人在简繁体字对照时不太注重书写的准确性，经常有错别字出现。试举几例，某人在书写岳飞的《满江红》一词时，把"八百里路云和月"的"里"写成"裏"。而古繁体字"里"和"裏"是有区分的，表示距离用"里"，表示里外则用"裏"，不过现在的简化字把二者合一了。再如某人在书写《岳阳楼记》时，把"庆历四年春"的"历"，写成"歷"，其实应该用"曆"，历史的"历"和日历的"历"，现在简化后通用了，但书法创作时不能混为一谈。也有人在书写松树的松字时，把"松"写成"鬆"，这是误把放松的"鬆"和松树的"松"混淆了，繁体字里二者是有区分的，现在简化为一个字"松"。

　　上述类似的问题不能一一例举。不过有几个常用的字，这里还是提醒一下。像作者在题款的时候常用的"余"和"云"。余作为"我"用时，不可写成"餘"，它和剩余的"余"简化字通用。"云"作为"说"用时，就不能写成"雲"，此字在繁体字中专意于云彩。另如"向"与"嚮"今简化字通用了，但方向的"向"、偏向的"向"和向晚意不适的"向"就不能写成为"嚮"，只有在此字作为"向导"和"向来"等用时才可用"嚮"。再比如有的人把"俘获"的"获"写成收获的"穫"，这就错了，它的繁体应为"獲"。还有皇后的"后"不能用前后的"後"，发展的"發"不能用头发的"髮"，等等。

要想把繁体字在使用时写准确,你必须要弄清楚这个字的含意,不能简单地理解为凡现行的简化字有繁体字形的都照搬来用。其实汉字字形在简化后虽为同一字形,但往往其古意是同形不同意,是有区别的。所谓同音不同形,同形不同意,古亦有之,何况简化字呢?建议书法创作者手头常备两本书,一是《新华字典》,二是用繁体字编印的像《书家挥毫必备》之类的工具书,以便书写时对照,这样就可以大大地减少错别字出现了。

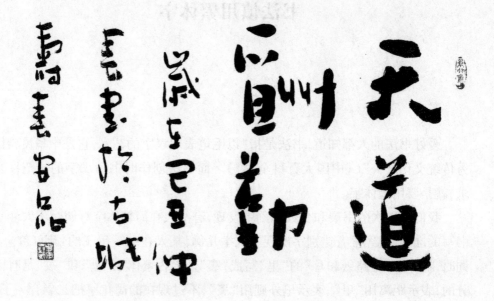

# 学 书 悟

恭课真楷循端行,静习帖碑数度春。

行隶篆草跟进磨,求师问疑劲追神。

学有所成忌得意,淡名漠利持净心。

博闻强识结诤友,物我两弃入化境。

我国的汉字书法艺术,有着高雅博大的深度和易于普及的广度,古往今来,从皇帝至庶民,无论少长,都有着极大的学习兴趣。有相当一部分人,对此痴迷、癫狂,甚至于为之奋斗终生。

本人幼承家传,少小课碑,青年临帖,不惑时从师,循序渐进功于书法几十年,本文开篇的一首七言诗,便是我的学书所悟。在长期的书法创作实践和与书友的交流中,我觉得书法艺术之所以为多数人所钟爱,大致有几种缘由。首先书法具有思想性。它以汉字为载体,而汉字则是一种源于自然的无声语言,二者的结合不仅可以传播思想,交流感情,还能陶冶性灵。其次是书法具有多变性。它是由各种不同线条组合而成的,其体势可以使人在一种统一法理的约束下创作出千姿百态的艺术形态,从而唤起人们美的灵感,并由此产生浓烈的兴致。再则是书法极具表现性。它可以同各种艺术发生联系,创作者可以借助自己的作品,展示才华,显示个性。正如古人所言"个性的表达各种美术都可以,但是表现得最亲切、最真实的,莫如写字","各种美术,以写字为最高"(梁启超《饮冰室文集》)。还有一点是书法艺术具有价值性。成功的书法作品,具有欣赏、品玩、馈赠、交换和实用价值，它的收藏和经济价值往往超过一般商品，名副其实的大家的作品可千古流芳。

学习书法，是一个长期的磨炼过程，没有预期，也无穷期。我的《学书悟》诗中，用了五个几乎同音的字，即"静""进""劲""净"和"境"，这不是我的发明，但确是我的深切体悟。"静"要求无论是临帖还是创作前，必祛除杂念，做到神安意闲，处静思虑，这样才能使整篇作品力到气接。唐代杰出书家孙过庭《书谱》中有"五合五乖"之说，其第一合即是"神怡务闲"，就是作书时必须神情舒畅，悠闲静心。清代书家包世臣有五品之说，他把"平和简静道丽天成"首称为"神品"。"进"要求学习书法时要全身心地投入，真心实意地进入书法堂奥，不彷徨、不敷衍。"劲"就是锲而不舍，执着，用功。学书法，枯燥无味，点画结构须笔笔到位，气韵相通，为此要懂得勤能补拙的道理。现代学者高二适认为"举凡世上学问、功业、品格，大都有勤习而来，天分则居其几微之数"。所谓功到自然成，古往今来各行各业例不胜数。"净"为淡泊名利，虚怀若谷。书法到能真正称为"家"时，应该说也了不得了，但此时应摈弃沽名钓誉之虞、急功近

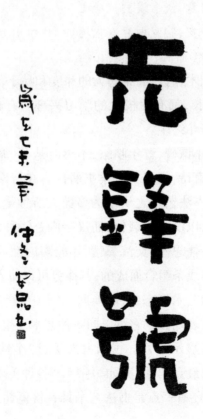

利之图和损人利己之举。作品参加过几次展览,入编过几部艺集,戴上了县、市、省和国家级某协会的帽子,便旁若无人,漫天要价,高高在上,其艺术生命力将与人俱失。"境"是书法艺术的最高境界,它犹如佛道过程中的(加行道、无间道、解脱道和胜进道)"胜进道",即从艺者在历经磨炼而彻底解脱后所获取的物我两忘、挥洒自如、恣意创作的大自由、大自在,又谓之"返璞归真"。也只有在这种心境下,你创作时才能意在笔先,笔随心转,心到书成。须知,书法之道程途艰辛,应确信,在任何事业的道路上,走得最远的往往就是对事业爱得最深的人。

# 匠心独运凝真情

## ——写在《寿县历史文化丛书》发行之际

　　寿县是国家级历史文化名城，在三千多年的历史长河中，勤劳、智慧、善良、勇敢的寿县人民创造了丰富灿烂的文化。为了让现代的人们切身感悟到寿县独特的文化魅力，增强砥砺前行的自信力、幸福感，找到无上的尊严和发展的动力，刚成立不久的县历史文化研究会，本着挖掘人文内涵，传承历史文化，服务寿县发展，教育子孙后代的使命，接受了编纂《寿县历史文化丛书》的任务。

　　寿县历史文化研究会是经县委批准成立的涉老机构，没有编制，更无现成的人手来承担编辑工作。为在一年时间内完成丛书的初编，只有广纳人才。几个策划人员查史料、集素材，并走出去取经，归纳丛书内容的分类，最后确定按9个分册编成，按9个类别寻找相对应的编者共10人。有年届古稀的民俗文化人方敦寿，文史专家苏希圣，身兼重任的科局级干部邵军、时洪平、朱多良、赵阳、陈磊，公务繁忙的教育、新闻工作者林伟、王继林、赵鸿斌。在历时一年多的编纂和审校过程中，大家历尽艰辛，倾尽心智，不计报酬，精益求精，同时还要兼顾好他们自己的工作，可谓匠心独运，意笃情真。

　　这9册书分别是《民俗风情》，主要展示寿域几千年历史积淀而成的民间生活，如日常礼仪、婚丧嫁娶、手工技艺、娱乐节庆等。《胜迹遗韵》，主要为各名胜古迹所承载的当地文化传统，其中寿县人民所追求的天人和谐、民族团结、宗教信仰、水利文化和儒学传统占重要地位。《文物选粹》，收集了从商到东汉有代表性的青铜器皿，重点体现楚文化及其与蔡、吴的交流。东汉以后的陶瓷器皿展现了更广阔的历史场景。《诗联集锦》，从西汉刘安到当代人士，咏史、写景、抒情，引导人们徜徉于寿县山水之间，体味古人忧国忧民的情怀。《艺苑撷英》，以书法绘画为重点，兼及泥塑、石雕、盆景、剪纸，从专业到民间，典型地显示了寿县历史文化的"中华味"。《人物英华》，列述了所收集到的两千多年来寿县众多英才。《轶闻传说》，包含不少有价值的带有抢救性的口述历史，其作用是正史所难以替代的。《文史辑存》基本收集了寿县史研究的最新成果。《市井随笔》，是潜入古今历史文化的深处，具有其他文献难有的草根性，给人以亲切感。

全书100多万字，近千幅图片。特别是由省政协文史委任《江淮文史》主编的周明洁先生（时挂任寿县县委常委、副县长）担任全书审定，并负责有关出版事宜。由时任县委书记孟祥新全力支持关注且为丛书作序。他们为丛书的质量和如期出版发行提供了可靠的保障，更增添了丛书作为特定历史时期，呼应文化强县、旅游兴县和"南工北旅"发展战略的这项文化工程的分量。

"道虽迩，不行不至；事虽小，不为不成。"编辑出版《寿县历史文化丛书》，是一件说难不难，说易又不易的早该成就的实事、要事。应该说，能在一年多的时间完成丛书的编辑出版任务，确实是所有参编人员的人文情结与勤苦精神相融的成果，是历史责任与发展要求相应的驱使。尽管大家为挖掘、继承、弘扬传统文化交上了一份答卷，但肯定有不尽如人意的地方。任重而道远，历史文化研究的工作是初试，是试探，是研究会刚刚立稳脚跟后的第一个步幅。

# 墨耘寿春

　　"墨耘寿春"是 2013 年春我与七位书法道友举办的"楚都八人行书法作品联展"的展题。展览在新建成启用不久的皖西博物馆举行,由六安市文化广电新闻出版局主办,寿县历史文化研究会和皖西博物馆承办。

　　书法遵道,翰墨传情。寿县是国家级历史文化名城,当年又被中国书协评定命名为"中国书法之乡",为呼应这项殊荣,我与几位同道便议定,利用新建成启用不久的亦庄亦谐的皖西博物馆举办一次书法联展。我们知道,寿县古为州来、蔡、楚国和西汉淮南国之都,在其厚重的文化积淀中,书法艺术是一张爽丽的名片。远的不说,自清代起到现代,就有享誉国度的著名书法家梁巘、孙家鼐、薛鸿、萧景云、张树侯、柏文蔚和司徒越等。现有的寿县籍书法界知名人士,遍布全国各地,跻身于各个行业和书画组织中。而此次参展的八位书法同人,都是年届中年(49 岁—64 岁之间),且都不是专业创作人员。他们虽工作在各个岗位,但没有忘记寿县作为国家历史文化名城的称谓,没有忘记在续写历史文化辉煌上承前启后的责任。大家在工作之余,十几年乃至几十年地倾心尽力于书法创作,都有了一份收获。用邵军先生的话来描述,就是虽为业余,但犹显专业。他们充分利用业余时间,潜心斗室,研墨萤灯;剥离浮躁,不趋名利;以基础为本,以学养见长;以品格立世,以个性示人,用真切笔墨传递作者对生命和生活的感悟,既代表着地域文化的特点,也镌刻着时代精神的印记。八人的书法风格各有特色,真、行、隶、篆、草各体兼长:胡安品的行隶遵循传统,博采众长,个性突出,严谨生动。陈玉宝的行楷,崇古求新,弃俗尚雅,平实安静,自成一家。苏希圣的行草，脱俗化了，内蕴外滋，渊雅古韵，隽永飘逸。邵军的隶书，悟道汉魏，奥指二王，功于书中，蕴含书外。鲁克望的草书，传统入门，创新是路，独树一帜，孜孜以求。许磊的楷书，静中欲动，平中见奇，秀媚不俗，典雅清新。林伟的篆书，古穆凝重，圆润含蓄，古拙敏求，风骨尽显。余涛的行草，飘逸洒脱，酣畅淋漓，虚实相生，俊朗劲健。然而，八人虽风格各异，因意趣相同，又凸显出了殊途同归之势。

　　由于八人的年龄段，正是从中年向老年的跨越期，故也是书法艺术由成熟而庚变的过渡期。我相信大家都能以此次展览为契机，再多些习笔，再多些自悟，再多些交流，再多些字外功力的修炼，伴随着人与书俱臻、俱老而精进不息。

墨耘寿春

第四辑

# 低吟浅唱

苎麻古韵自千载

吟邑湖光共一亭

宇红雨后于醉墨堂安品书

# 贺赵阳《四季人生》

十七度四季人生，十七年文坛耕耘。[①]
安丰塘古风灵畅，楚文化滋育楚人[②]。
百姓事秉笔直抒，古城缘意切情真。
炼真功书径幽远，澄虚怀修身励行。

注：

①《四季人生》出版时赵阳从事文学创作十七年。

②赵阳笔名"楚人"。

# 文泅长留春

读赵阳新作《城墙根下》，撷取其六辑篇名草成小诗，以表胸臆。

城墙根下行，笃蕴古都情。

"人文寿州"[①]粹，"市井随笔"精。

"人物素描"绘，"岁月如歌"吟。

"人生百味"浓，"山水览胜"锦。

学海无涯际，文泅长留春。

注：

①加引号的为章节题目。

# 真情读寿州

## ——阅鲁甄文集《在古城过日子》

鲁氏门第彰文秀，唯怀真情读寿州。
绘声绘形抒沧感，倾城倾心探世由。
绣笔锦心流精粹，清词丽语泻思幽。
学路漫漫赖勤取，文途渊渊逐风流。

# 读余江文集《古城纪事》

"家住古城"①爱古城,《古城纪事》寓诚真。

"凡人素描"寻常事,素笔拨动身边人。

"往事难忘"倾心述,如缕如烟情结深。

世路曲直连邻友,"确有其事"细品茗。

"有话想说"难尽语,"寄情山水"溢心声。

满派轩昂②充气宇,如水文章平实情。

注:

①加引号的为章节题目。

②轩昂为余江的笔名。

# 书墨生香会友人
## ——读黄圣凤诗集

"诗情依依"①入幽径，"优雅行吟"腑底音。
"短笛横吹"倾城曲，"书墨生香"会友人。
"与你同行"风雨路，"物我两忘"追化境。
文心放旷求真是，身修完璞赖操存。

注：
①加引号的为章节题目。

# 仁寿与鹤祺

## ——贺孟祥国八十寿辰书画展

矍铄精神过古稀，墨翻衫袖两情依。

莫云耄耋桑榆晚，应秉兴观和乐熙。

铁笔银钩书有路，长襟松柏福无移。

歌吟亦是平生愿，寿以仁尊与鹤祺。

# 寿苑翰墨情

## ——贺书法家春卉书集发行

又是淮南秋色好，犹欣春卉艳明伦①。
书香代有真贤辈，寿苑频传翰墨情。
数度耕耘求雅趣，几经磨砺聚华菁。
墨遗汉晋流风在，法帖三希闻凤鸣。

注：

①发行仪式在寿州文庙明伦堂举行。

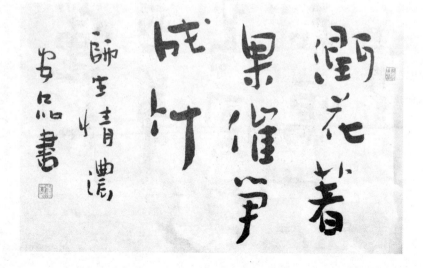

# 赠哈余庆兄①

传家自有诗千首，交友唯捉笔一支。
满腹清词吟今古，松风竹韵醉雅室。

注：
　①哈余庆兄为安徽省诗词学会副会长，著名诗人。

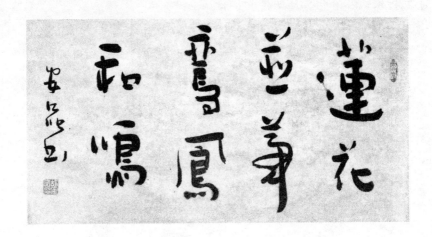

# 一代伟人风范存

## ——观电视片《周恩来》

韶光飞逝时旋轮，祭奠百年万缕情。
恩来魂魄充天地，湖海江河栖神灵。
出生入死拨云雾，志虑忠纯强固本。
鞠躬尽瘁功崇巨，望重德高风范存。

# 观电视剧《刘铭传》

## ——写在 2004 年 7 月

皖西灵峰大潜山,精育名将刘铭传。

少小起家办乡武,青年领导入淮团。

"铭字营"队称劲旅,平步青云挑重担。①

不以武功暴天下,思耸国家能强坚。

幸逢良机展才华,舍安就危赴台湾。

抗法保台显威勇,和湘亲民成铁拳。

励精图治为巡抚,军政商工镇东南。

英雄魂归英名在,爱国情致代代传。

注:

①刘铭传,安徽肥西人,十八岁杀土豪,办起团练,二十五岁加入李鸿章的淮军,二十八岁即升任清直隶提督。

# 逐浪追风乘势上

## ——感电影《重庆谈判》

拯民族危亡
荷民众冀望
赴渝展雄略
斗智斗勇写辉煌

挥万钧巨手
动四海黎苍
关隘度若飞
功随日月千秋长

续历史新章
图中华兴邦
厥时握良机
逐浪追风乘势上

# 雷霆不移中华魂

## ——观电影《炮兵少校》有感

父在疆场垒殊荣，子洒热血建奇功。
两代唯拥报国志，辞家将士无旋踵。

民富国昌至真业，精兵强武是保证。
应效英雄举敢为，雷霆不移中华魂。

# 重负难折报国志

## ——电视剧《青年聂荣臻》观感

千古苍凉万躯冷,长夜漫漫人迷津。
男儿铁意拯中华,重洋远渡苦寻真。

曲曲折折探险路,坎坎坷坷异域行。
汩汩热血流执着,拳拳赤心铸坚韧。
重负难折报国志,逆风不驾聂荣臻。

中华崛起赖风范,救国忠情需恒永。
强国富民宏图就,仰效一代开国人。

# 修敛品名世风正

## ——感影片《新中国第一大案》

枪声
在雪野上两行足迹的终端响起
大案的当事人——
收煞了由辉煌到溃灭的人生

怎能忘：
枪林弹雨中的英雄本色
战争环境里奉公廉洁清苦润身

开国伊始羞于享用精气尚在
糖弹初试戒而有备惶遽审慎

只可恨：
守真不坚一失足而不可拔
逐物意移贪污纳贿遂沉沦
群愤民怨迷途知返未为晚
背道而驰恶极终成负面人

应铭记：
勿为物眩伤大体
毋借公道逐私情
铁钩触口多贪饵
修敛品名世风正

# 一代忠勇　巍巍长城

——看电视连续剧《潮起潮落》

大海是你的胸怀
战舰是你的魂灵
伴随着人民海军的成长
你踩下一行行坚实的脚印
你无怨被遣返的痛楚
你无憾那难圆的真情
你把陆军的辉煌写进水师
昨日功崇唯勇今日雄风犹存
你把一腔智慧融进波涛
鞠躬尽献壮美的青春
你,你……
　平凡而伟岸可歌可敬

昨日潮起潮落沧海桑田
今日降妖雪耻伏魔振兴
三百万海域雄魂浩魄
仰一代忠勇巍巍长城
今天,托起辉洒神州的太阳
明天为中华腾飞还需千年承平

贺建军八十年

风雨千载
九州况南
昌义帜遍
风云八十
岁月峥嵘
路祥晖端
日罩乾坤

永远挺起无畏的胸膛吧
钢的脊梁上写着十二亿期待
十二分信任

咏物篇：

# 咏　松

罹经磨难留斑驳，万针千簇云升歌。
立身壑岩雄奇处，秋雨无奈寒若何。
经冬傲雪伴梅放，四季舒怀迎鹤鹊。
岁臻千年根弥壮，苍劲挺然展婆娑。

四季抒怀

# 咏 梅

隆冬独立傲风寒，浴雪沐霜开玉颜。
孤意常同春色避，为留清骨逸人间。

独傲风寒

# 咏 兰

百花争艳时，无意斗群芳。
清樾林深处，幽香满翠冈。

幽情逸韵

# 咏　竹

一岁成材数丈高，四时翠滴入风骚。
虚心劲节根蟠石，挽定云山寻逍遥。

# 咏 菊

质傲浸华露，黄花斗夕霜。
清妍妆百态，缬蕊弄秋光。

清妍华露

# 咏 荷

珠露晶莹绿扇中,滢流轻漾托芙蓉。
盘根错节污泥下,素洁冰清不慕荣。

素洁冰清

# 牡　丹

四月春风雅，天香醉万家。
娇妍冠百卉，国色映朝霞。

风雅天香

# 月 季

百态千姿展丽容,倚春伴夏侍秋冬。
从来不祒花中帝,亲抚婵颜四季风。

亲抚婵颜

# 迎春花

百枝舒展呈英华,披戴金黄映绮霞。
有约孟春妆阆苑,年年笃意友梅花。

# 羲皇故都行

辛卯二月正逢春，且驱羲皇故都行。
欣逢淮阳朝都会，遂应黎苍谒祖心。
忠男信女情仪道，地北天南姓同根。
唯祝华夏臻昌势，遥祭皇宗太昊陵。

# 壬 辰 春 吟

——写在寿县第三届梨花诗会

春景清和秀八公，鸟喧蝶舞闹晨空。
惠阳着意舒云锦，时雨欣然润素容。
满岭梨花千树雪，遍山桃蕊万枝红。
游人欣沐楚川雨，群鹤漫抚汉苑风。

# 灯会即景

## ——写在省第五届花鼓灯会

五届灯会聚群英,小阳春时花簇锦。
展引新姿集菁华,红弦紫袖动寿城。
且喜丹墨会故友,遣兴笔端写情真。
神融即景流芳粹,恣意倾欢乐升平。

意舒云锦

# 三　峡　行

戊寅春望,由湖北宜昌(古夷陵)乘船上行巡游三峡,观葛洲坝雄姿、中堡岛截流工程壮景和两岸风光,感言之:

踏舟夷陵郡,溯源入三峡。

葛洲锁巨龙,壮威昭日华。

中堡展雄师,再叠西陵牐。

巫山春妆丽,神女抚青霭。

瞿塘雄险处,巨鸢旋峻崖。

悬棺空留檐,栈道中天挂。

昭君乡缘重,陆游洞幽遐。

白帝轩环聚,云共城高下。

长河连天际,浩然天下甲。

借承千古水,福荫大中华。

# 游八公仙境

## ——写在第四届寿州梨花诗会

楚山亘亘沐春风，云素绵绵罩八公。
绿柳千株青麦壮，梨花万顷小桃红。
仙踪胜境迎佳客，曲榭清溪访老农。
赵将威名响天籁，兴酣翠幄玉屏中。

如沐春风

# 榴 月 随 唱
## ——写在建党八十一周年

八公悠　淝水长
寿春风华千古扬
内八景　外八景
胜景连着古战场
文庙书院伴宫寺
幽曲和风唱

淮淝水　安丰塘
瓦埠西湖鱼米乡
人杰俊　地灵润
人杰地灵扮新妆
寿阳山水钟毓秀
绝处好风光

换新颜　拓街巷
通淝门外兴广场
新城姣　明珠靓
现代汉城娇八方
寿州儿女集心志
明朝更辉煌

通淝勝境

南眺淝水麾甍覽壽
春瀟窅 為壽州南城阿樓
覽倉崃 撰聯孟畫岳記
北望八公侵潤風

# 春醉西九华

辛卯谷雨时节,与几位挚友欣游位于大别山西北部的西九华山妙高寺、茶竹民俗文化村和留梦谷,有感于斯。

辛卯谷雨时,逍游西九华。
虔谒妙高寺,躬陟仰天洼。
车行盘山路,心赏紫藤花。
剑笋拔地起,翠竹满山崖。
遍岭豫乡女,悉心采春茶。
茶竹文化村,民俗尽彰发。
传统场坊铺,处处显趣雅。
怡幽留梦谷,天然大氧吧。
石阶绕翠行,栈道壁边挂。
瀑泉撩游意,蛇蝶戏兰花。
身近长江河,逸兴醉春华。

# 梨乡雪海行

欣逢乙丑艳阳春，且作梨乡雪海行。
叠翠紫金望古观，仙峰淝畔揽轻云。
八公皓髯邀诗友，五老[1]赤松候远宾。
淮上绿阳花坞处，楚风汉韵唱骚人。

注：
　①"五老"指廉颇墓东南侧的"五老山"。

叠翠紫金

# 登宾阳楼<sup>①</sup>感怀

寿阳烟云茫苍苍,楚郢故事千古扬。
淮王尚遗风韵在,淝水尽显古城场。
八公松咏声灌耳,硖口衔奇颂禹王。
淮域崐峰葆秀色,苍然钟蕴日舒光。

注:

①宾阳楼为古寿春东城门楼,北对八公山,东接淝水战场。

楚郢千古

# 游皖西大裂谷

## ——写在 2005 年夏

三重裂谷一脉连，险境叠生呈奇观。

侧体攀壁两尺道，仰面窥空一线天。

双蟾探幽展神态，蝶蛇戏鼠绕竹兰。

巨窟屯兵威仪在，献忠将台状依然。

置身义军雄起外，气势浩荡决眦间。

江淮壮悬千秋画，皖西绝耸万古岩。

# 园 丁 情

缘结教坛润韶华，倾尽心智艳春花。
呕心染就千山绿，热血育出五彩霞。
桃李饱含园丁情，枝繁叶茂勃英发。
饮风栖雨成大器，施志展才遍天涯。

饮风栖雨

# 文苑看寿阳

## ——贺《寿州报》二十年

《寿州》飒然伴梅霜，古都文台第一香。
春风廿度英姿展，清韵四溢风采扬。
仙肌恳与百姓近，情致帷能辉绯光。
津门有别四海异，文苑寻景看寿阳。

清韵四溢

# 学 书 悟

幼承家传,少小课碑,青年临帖,不惑时从师,循序渐进功于书法,有所悟:

恭课真楷循端行,静习帖碑数度春。

行隶篆草跟进磨,求师问疑劲追神。

学有所成忌得意,淡名漠利持净心。

博闻强识结净友,物我两弃入化境。

兰亭集序

# 再奏抗天歌
## ——记寿州 2003 年防汛抗洪

战罢瘟神①斗洪魔,两河三湖②水肆虐。

浊浪排空逞汹涌,古城再奏抗天歌。

苦中自有精神在,险处唯出英勇多。

军民固铸倚天障,鱼水情真汇长河。

**注:**

　　①当年初受"非典"病毒侵扰。

　　②寿县境内有淮河、淠河和瓦埠湖、肖严湖、梁家湖。

抗天战歌

# 体味《年轮》

## ——观电视剧《年轮》有感

一行同龄人
幸逢开国生
少年—青年—中年
年龄一般短长
学习—工作—生活
活法五味俱全

共和国风雨兼程多舛难
同龄人天地覆翻影随形
甜蜜蜜——孩提的天真青春的亮丽
苦涩涩——生活的艰难步履的艰辛
铁铮铮——倔强的生存欲火
热乎乎——信念的坚定诚真

似水流年
生命的年轮斑斑痕印
光晕铺罩
生存的追求永无止境
莫悲霜叶飘零固步怅惘
应取柏松顽骨饮风吐云

# 寒食节寻思

春催桃李绽芳华,欣迎寒食到万家。
忠纯唯仰介子推,功遂身退志烟霞。
人生难能长作闲,世间希遵久淡雅。
抱朴守真安吾素,浮生适意即为佳。

寒食万家

# 安邦固国　众志成城

## ——纪念抗战胜利五十一周年

桥,天下有千万座

卢沟桥唯在我的心中凌架

河,天下有千万条

卢沟河唯在我的心底缓行

岁月,在平静中飘逝

1937.7.7,唯在我的忆海永驻

争战,本是一页页随翻的历史

抗战唯不能抹去一场一景

五十一年了,裹硫卷黄的烟云不去

四亿炎黄,舐血砺志的精英永存:

长城隘口,多少豪杰血染

平型关前,多少将士献身

百团战场,多少忠魂长留

台儿庄畔,多少仁人栖灵

……

"百年积弱叹华夏,八载干戈仗延安"①

倭贼侵华辱柱莫忘

八年抗争丰碑凌云

注：

①摘自陈毅同志诗。

风雨千载九州沉南昌

义帜延霖陵八十岁月

看晋路祥云瑞日铺

乾坤为建军八十年书

# 雄风犹在世无双
## ——写在 2000 年建军节

南昌第一枪
赣水托出新武装
秋收暴动撼天地
铁流滚滚会井冈

烟云茫苍苍
长征万里终自强
廿年浴血逐穷寇
九州峰回国振昌

好儿志四方
东西北南裹硝黄
披肝沥胆风雨路
雄风犹在世无双

# 马 年 贺 章

## ——写在 2002 年春

骏马嘶鸣迎春归，祥云瑞雪抚冬梅。
日灿天光昭盛世，花团锦簇贺煌辉。
云高峰叠凭攀蹑，风险浪涌任击水。
雄猷锁定笃鸿志，各领风骚写芳菲。

骏马迎春

# 拼搏世纪年
## ——2001 写给春运一线交警

沐雪饮风顶严寒,车流人往频指点。
为国为民甘茹苦,倾心倾力做奉献。
八方通畅家家乐,四面无虞户户安。
工农学政喜就位,奋然拼搏世纪年。

沐雪饮风

# 贺 新 千 年

## ——写在 2000 年初春

巨龙飞腾跨世纪,金蛇狂舞新千禧。
春潮意逐群情奋,战鼓劲促马蹄疾。
欣喜"十五"鸿猷展,长征新途再接力。
一统中华唯众望,民族兴振有良基。

贺新千年

# 颂五十年建国
## ——写在 1999 年秋

暴雨千载九州沉，天风得吹日月新。
五旬中华辰诞时，亿万门巷尽成春。
廿年改革结硕果，世纪花放最可人。
国正民安势夷然，宾迎紫气满乾坤。

# 鹧鸪天·贺寿县历史文化名城命名三十周年

文化名城古寿春，星辉华夏薄风云。
州来楚郢淮南邑，芍陂紫金淝水滨。
铭叔敖，奠春申。流芳百世颂贤臣。
楚风汉韵千秋事，雉堞逶迤风雅存。

楚风汉韵

# 五洲呼大同

## ——纪念抗美援朝五十年

烽烟滚滚罩远东,漫漫黑云弥腥风。
鸭绿江水涌怒潮,拍岸惊波滔罴熊。
冰雪铁甲曷逞能,气昂义正铸忠勇。
较量三载识高下,难敌五洲呼大同。

# 时雨颂升平

## ——纪念改革开放二十年

天地氤氲物化醇，中华折波三十春。
三中全会开新宇，数度新风惠国门。
良策连连生好戏，群贤频频创精品。
祛故鼎新呈盛世，清风时雨颂升平。

新宇升平

# 风惠畅然行

## ——喜故乡叶集巨变

国脉迢迢会重镇[①]，灵山秀水携二省[②]。

商贾盈通贯南北，文华朴厚誉古今。

欣逢良机展鸿翅，得遇惠风畅然行。

舒怀拥引八方客，凸立皖西明星城。

注：

①叶集交通便利，境内有沪陕高速、国道312和宁（南京）西（西安）铁路通过。

②地处皖豫交界处，西临史河，南接大别山。

# 寿凤书法联展①

## ——写在 1997 年国庆节

寿春结彩皓明伦,凤态龙姿满眼情。

一水一山一脉系,家欢国庆兆吉祯。

前古千年同宗室②,程途一道共茹辛。

似水流年任重远,锦中著花造丰盈。

注:

①此为藏头诗"寿凤一家,前程似锦"。

②寿县凤台县古曾同城设衙。

程途一道

# 当奏长胜歌
## ——贺 1998 年县人大、政协"两会"召开

时和世泰欣闻多,浓墨重颜妆古国。
集智凝心开"两会",倾诚聚力议良策。
今日功绩当贺庆,明朝攻艰靠开拓。
淮域明珠腾升处,万民当奏长胜歌。

集智凝心

# 二 度 逢 春

## ——写给老年大学

历经世事枕沧桑，俯仰山川倚八荒。
欣与桑榆同雨露，喜随松柏傲冰霜。
稀龄乐岁携花甲，二度逢春济一堂。
练武习文歌曲赋，自矜高节泰而刚。

桑榆同露

# 香 叶 归 根

——写在香港回归日


国逢盛时九州兴,星汉璀璨日月明。

巨龙舒展连京九①,香叶飘零终归根。

和平统一至真业,岁月难舍骨肉情。

百年游子捷足返②,华夏同风势竞承。


注:

①京九指北京至九龙铁路通行。

②从香港沦为英属殖民地到回归中华历时一百年。

华夏同风

# 黄埔英名传

黄埔英名继世传,卧虎藏龙史昭然。
恩来代英萧楚女,剑英叶挺徐向前。
荣臻左权蒋先云,陈赓瑞卿高语罕。
良师塾中有高徒,强将手下无弱汉。
一代先锋凸崛起,砥砺锋刃耀华年。
南昌兴师举义旗,铁马金戈逐中原。
九十风雨远征路,威勇承载华夏天。
阴云不再雄魂在,军旗猎猎指东南。
当年驰骋凭执着,而今风流在信念。

# 芍陂兴利

## ——感念安丰塘

惠迎龙穴活水来[1]，芍陂兴利两千载[2]。

孙公诚倾庇民意[3]，公仆精神当继怀。

注：

[1]原芍陂水源自龙穴山。

[2]芍陂即现在寿县的安丰塘。

[3]孙公即楚国令尹孙叔敖，传说芍陂为其主持兴建。

安丰塘夕照

# 又 逢 清 明

年年桃梨艳仲春，岁岁甘雨伴清明。
莫将悲情燃哀怨，应秉遗志慰往灵。

雨伴清明

# 神舟五号升天

## ——写在 2003 年 10 月

载人飞船上太空,神舟五号傲苍穹。

三代英华昊然志,九天腾跃中华龙。

九天腾跃

# 民族团结吟

## ——贺 2004 年省民委书画展

时和世泰禧岁丰，政顺国安九州同。

民族团结成一体，啸傲寰宇乘东风。

啸傲环宇

# 笑逐金酉来

## ——贺 2005 年省寿州书画展

寒雪梅中尽，柳新吐絮白。
炳烛映明伦[①]，书画寄情怀。
奇心抒雅趣，痴意展诗才。
共乐无穷境，笑逐金酉来。

注：

①此次展览由省炳烛诗书画联谊会二分会主办。

奇心抒雅

# 养 生 悟
## ——写在六十六岁生日

每朝十里行,情注诗书文。
闲来弄蔬草,物外得清平。
常使经络活,谙通膳食经。
淡然享天年,永葆精气神。

颐养天年

# 清平乐·贺九九重阳节

桂馥菊艳,年丰人寿伴。
重阳金禧逢盛典①,风物尽遂人愿。
鞍马劳顿一生,含艰茹苦饮辛。
烈士暮年志在,当老宜壮雄心。

注:

　①恰逢香港回归祖国。

胜似春光

# 贺县政协六十年庆
## ——写在 2015 年 10 月

### 一

人文中华昭盛世，民顺国泰逢佳时。
政通人和百业旺，协力共塑巨龙姿。

### 二

人杰地灵蕴精伦，民主正气满乾坤。
政治清明国势盛，协心同铸中华魂。

# 丁酉梨花时节

雄鸡黎鸣唱万家，淮畔嘉气昭春华。
东风携瑞催柳绿，素染淝陵泛梨花。

素染淝陵

# 丁 酉 唱 晓

玉猴捷足攀岩去,梅报春音金凤啼。
楚山舒怀堪唱晓,寿域隆瑞舞雄鸡。

梅报春音

# 戌年早春吟

梅衔瑞雪秀楚川,犬报福音送熙安。
惠风畅然兆稔景,紫燕讴歌唱丰年。

惠风和畅

# 同窗会寿春

适逢荷月溽暑时，欣聚寿春古城池。
畅言同窗逾五旬，品味甘苦已七十。
安享盛世夕照红，莫求鲲鹏凌云姿。
贵有耄耋友祺瑞，岁臻百庚伴松栀。

岁月无痕

# 古城家居吟

老来忍同旧居别，阆苑十载凝谊结。
鸡鸣犬吠猫戏竹，鸟啼蜂喧梅衔雪。
榴红柿翠满庭芳，蔬俏瓜鲜一垄偕。
但得斜阳夕照时，胜景恰与耆情约。

胜景耆情

# 贺传香《文韵传香》出版

文海清波逐春风，韵含灵润一脉通。
传道自有诗书在，香融寿阳淳露中。

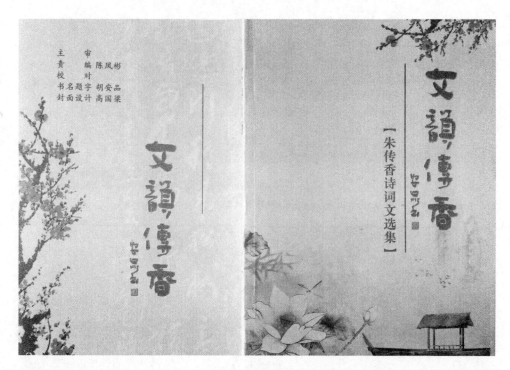

韵含灵润

# 七 十 偶 感

一度春风一岁流，平生甘苦伴白头。
留得潇然神韵在，炳心如月焕清秋。

炳心如月

**楹联篇：**

宾阳门：
> 笃迎紫气濯寿域，
> 哂纳清晖洒春城。

定湖门：
> 远瞩长淮，楼映一湖晚照；
> 近瞻尉升，门盈千顷绿波。

靖淮门：
> 楚风汉月千秋景，
> 淮水灵山万古存。

通淝门：
> 南眺淝水，俯览寿春荣盛；
> 北瞵紫金，仰观风鹤沧桑。

万景大酒店：
> 八公山舒怀邀胜友，
> 万景人诚厚待嘉宾。

永安医院：
> 王氏宗仁，永乐华堂康寿久；
> 三槐养善，安和吉第福祺多。

汉淮南王刘安：
> 聚天下贤士，谈经论道，著鸿篇巨制淮南子；
> 集人间精华，赍志潜心，酿美味佳肴汉黎祁。

聚红盛农庄：

雅庄新设，聚集八方胜友；

彩悦高悬，红染九域山乡。

横幅：盛世春永


春临八公山：

惠风畅然，漫山梨雪妆仙境；

时雨着意，满岭桃花娇古岩。


寿春清真寺：

华东第一笃清寺；

江淮无二养真园。


寿县一中：

一百一十五年名校，循理兴教育；

两千七百余载古都，鼎新振嘉风。


建军节：

南昌举义秋收暴动五次反围剿，长征万里筑牢根据地；

陕北振兴勠力抗倭三年治内乱，威震五洲崛立新中华。

# 品 味 安 品

春节期间一日小聚后,安品先生留下我:"今年是我70寿辰,想把自己的文字整理一下,出个集子,为自己庆生。阿军这方面不无经验,待我将平时收集的零散资料交给你,拜托帮助归拢一下……"

是信任?是重托?是命令?先生于我怎讲都不过分。

先生谦逊,其实他已为自己这本《雨润秋气清》谋好篇布好局,我只是在电脑上将其文字和相应图片分别归类到他所辑录的"四海澄清""人生化理""艺林养真""低吟浅唱"四个篇章里而已。粘贴归类的过程也是重温先生作品的过程,无论文章还是诗歌楹联,字里行间无不透露出他的军人性格、领导品质、家国情怀、文化情结、质朴作风,用"见字如面"来形容先生的文字是再贴切不过了。

我与安品先生结缘于20世纪90年代,那时,他是县委常委、人武部政委,我是乡镇党委书记,名副其实的领导与被领导关系。然而,从他下乡检查工作第一次与我谋面,就一见如故。有人说我俩是因"字"结缘,我并不完全赞同,诚然书法是我们的共同爱好,有着更多的共同语言,但是我同样敬仰他的军人性格和领导品质。先生一生阅历丰富,读书、务农、参军、从政,无论何时何地在任何岗位,他无不收放自如。他的敢讲真话、敢于担当、既讲原则又处事灵活、雷厉风行、讲究效率的作风,深得基层干群的敬仰,所到之处,业绩不菲,是一位威望高口碑好备受尊敬的领导。记得二十年前的一次定兵会议,我所在镇接兵部队与镇党委在确定一名兵源时意见不一,军地双方相持不下,胡政委认真听取接兵部队领导和镇里汇报后,果断否决了接兵部队意见,说话掷地有声:"只要政审、身体合格,这个兵就没有理由不带,必须通过!"一晃几十年过去,但当时的情景一直萦绕于怀恍如昨日。

孔老夫子有言:"室有芝兰,久而不闻其香,与之化也!"安品先生是霍邱叶集人,那里曾走出过民国"未名四杰",受叶集深厚文化底蕴影响及中医家学浸染,一伺接触到博大精深的寿州文化,便"与之化也"。在领导岗位时,虽少有分管文化工作,但这并未影响他对这座历史文化名城的热爱和研究。他怀着一颗敬畏之心,一直生活工作在这里,以至于把自己晚年归宿也安顿在寿州古城。他的职务岗位一直在变,唯一没变的是他的初心,是他的文化情怀以及对这座古城的浓浓深情。这不仅体现在这本集子的文字图片里,更体现在几十年来在寿州这块古老土地上他所留下的点点滴滴,智识足音。近十几年,我有幸在先生指导下,与他一道为寿县的文化建设掸尘拂土尽一己微薄,从他身上传递出来并获取的正能量许多许多,受益匪浅。

先生思想敏锐,眼界开阔,具有很强的超前意识和及时把握机遇的非凡能力。早在20世纪90年代,先生就敏锐预感,作为国家级历史文化名城,至今没有文联,与文化大县很不相称。他屡屡向县委主要领导建议组建文联,并举荐我为最佳人选,而这一切他并未向我透露丝毫,是当时县委主要领导与我谈心时透露出"老胡推荐你当文联主席呢"。闻后好生感动,须知,20世纪90年代末期的乡镇工作是何其艰难!能够脱离乡镇进城,又是我情有独钟的岗位,实在是求之不得啊!后来因领导变动,成立文联的事一搁就是十年,直到2008年,经已退居二线的安品先生力荐,终使我成为寿县历史上第一位经文代会选举产生的文联主席。先生那种不为己利选贤任能的可贵品质令人肃然起敬。

2010年6月上海世博会期间,安徽省政府和当时的六安市政府确定寿县必须策划一个主题活动,在安徽周期间举行。安品先生向寿县县委、县政府建议,鉴于楚相春申君在历史上的重要影响以及与寿县、上海的渊源关系,可在世博会上举办"春申君论坛",非常具有历史意义和现实意义。他的建议得到省市县三级政府高度重视并最终被采纳,其筹办工作交由县委宣传部和县历史文化研究会。我和安品先生是具体负责人,在材料组织、场地选择、人员邀请、会务安排、论坛发言等各项具体工作中,先生付出了大量心智心血,使得"2010上海世博会安徽周主题博览会"论坛活动之一的"春申君论坛——寿县与上海关系的渊源",获得巨大成功,有来自河南潢川、湖北荆州、江苏苏州、上海和安徽省市县的近十名领导、专家、学者在论坛上发言,上海、安徽各大媒体加以报道,社会各界好评如潮。

先生认准目标,咬定青山,具有强烈的社会责任感和历史担当精神。我调往县委宣传部履新不久,恰逢由先生任会长的"寿县历史文化研究会"成立,承蒙先生厚爱举荐我为副会长。研究会成立第一件事就是编撰《寿县历史文化丛书》,为了这套丛书,先生呕心沥血,日夜操劳,草拟提纲,构思主题,挑选人才,争取领导重视,联系相关单位,协调出版资金,拿出发行方案……说实话,如果没有他高度的责任感和担当精神,这套高质量的文化丛书,根本无法在短短一年内就成功出版发行。修建春申广场,先生是项目建设的常务副指挥,为了将广场建设得"有文化、有厚度、有品位",他带领我们一行轻车简从日夜兼程,西进河南湖北,南下苏州上海,考察撷取春申君的史料踪迹,最终将考察得来的文化元素融入广场的设计建设中,使这一象征寿州古城的现代地标经得起专家推敲,经得起历史考验,经得起审美批评,成为古城人休闲娱乐和大型文化活动的最佳去处。

先生躬身践行,不计得失,具有与普通百姓融为一体的人文情怀和开阔胸襟。这一点先生在此书的"人生化理"部分有较为详细而生动的记述。而作为他的部下、文友和老弟,这些年来与先生一起合作共事,尤其是共同策划的一些规模大小不一、层次高低有别的文化活动,先生虽为文联名誉主席和书画院名誉院长,但他为人低调躬身践行,但凡与他接触的人无不感受到他的亲和力和凝聚力。文联组织文学艺术进校园活动,先生从不推辞,带头参与。记得在安丰高中,他被一大堆学生"围困",忍着腰疼一口气为孩子们留下十几幅"励志墨迹";2003年涨大水,先生发起并带领我们文化界去慰问抗洪救灾官兵,满含深情亲自撰联,饱蘸笔墨书赠抗洪抢险部队;到贫困村、到环卫所、到消防队、到敬老院、到灾区……为群众送春联,无不出现他的身影。他的书法作品既登大雅之庙堂,又入寻常百姓家,他不做作,不摆谱,不拿架子,不计得失,就连那套他倾尽心血的历史文化丛书,上面也没出现他"主编"的大名!诚如先生最喜用的那方"平民情"引首印,心印于方寸之间,饱含的却是天地苍生大化境界……

先生虚怀若谷,艺如其名,具有处世做人的大格局和艺术创作的高格调。他在许多场合坦言,自己是业余书家,诗文无家,作文作诗作书都是出于兴趣爱好,并不在乎虚名义利。其实读他诗词文章你会感觉其质朴有声,言简意赅,诗情画意,很接地气;而品赏他的书法,同样能引起你那种与众不同的强烈共鸣。艺术,是指在创造既可分享又具有美学意味事物的过程中,对技巧与创造性想象有意识的运用以及由此产生的具体作品。它必须具备三个要素:技术、独创性和公共性。艺术首先必须具备技术高度,为常人所不及,有技术不一定是高水平艺术,但没有高超的技术,肯定不是一流的艺术。艺术史很势利,它只承认第一个。换句话说,艺术史非常强调"独创",也就是"原创力"——你会的那个东西必须是你自己的,是你的智慧创造;如果你是抄袭或模仿别人,那充其量是"二传手",技术搬运工而已。艺术在高级层面必须是原创。没有对既定规则的突破,就没有历史性开创与超越;没有历史性开创与超越,就没有一流。第三就是艺术必须具备社会"公共性"。你必须能够与他人分享,这是一句很有智慧的话,拥有巨大联想空间。艺术家的创造必须让大家看明白,能沟通! 艺术之所以成为艺术,最根本在于它以独特方式表达人类共同的精神关注;艺术和艺术作品的社会属性,决定它必须介入社会,进入人与人的交流,才可能实现其本质价值。我认为安品先生在上述三个方面无疑结合得比较好,这一点大家有目共睹,社会自有公论。

当代寿县文学艺术界有著名的"寿州五老",几位尊长德艺双馨,各怀专长,或书法绘画,或诗词歌赋,或音律国粹,或史学考古……他们是当代寿州的文化标杆,历史文化名城之宝贵财富,其"名片"作用无可替代。作为"寿州五老"之一的安品先生,既当之无愧,又只能是其唯一。我能与"五老"为伍而成为"五加一",是为大幸,"五老"予我的支持扶持教诲厚爱,远非语言文字所能表达。曾几何时,我们常聚于一厅一室,品茗闲话,泼墨几案,即兴诗书,操琴国粹,开怀畅饮,放浪形骸,好不快哉! 而今为子女计,大都客居他乡,唯安品先生咬定青山安居古城,古稀之年生活更加生动有滋有味。写到这里,忽然忆及去年7月6日,先生短信发来他的《古城家居吟》:

> 老来忍同旧居别,阆苑十载凝谊结。
> 鸡鸣犬吠猫戏竹,鸟啼蜂喧梅衔雪。
> 榴红柿翠满庭艳,蔬俏瓜鲜一垄偕。
> 但得斜阳夕照时,胜景恰与耆情约。

诗前有小跋:客居古城寿春近三十年,曾几移居所,十年前迁居知春苑,有感于斯。从诗中不难品出先生万物静观吞胸纳怀超然物外之神韵风貌。受其激发感染，我也诗情满满依韵和七律一首：

平生最忆是初别，往事依依老更佳。
休业安居五柳竹，古墙作路一楼街。
诗书满架二王伴，破骑悠翁太白偕。
不叹斜阳无限好，黄昏颂罢杜康怀。

先生的"五柳竹"，先生的"古墙路"，先生的"二王伴"，先生的"破骑悠"，正是他满目青山的真实写照！"人生短暂，年已古稀，能有三五知己足矣！这个三与五，可以是三，可以是五，可以是三加五，也可以是三乘五，仅此而已……"这是先生常说与我们的话。品味安品，不无自信地认为，先生那乘数内之三五知己该不至于没有我吧？

邵 军
2018.4.12 于痴儿斋

# 后　记

　　结集出版诗文集，乃吾多年之夙愿。书名《雨润秋气清》，取之于我一篇随笔的文题。今岁维七十，古云年七十称古，岁七十为稀，今三十加四十岁仅为入列于少翁之伍，恰如年分春、夏、秋、冬四季，正值清秋，初老也。

　　余祖籍豫东，生长于皖西，宗于医，情于文，习于书（法）。虽历经时政、自然之风波，仍听任于天时、地利、人和之使然。客居州来、下蔡、楚和淮南国之名都三十春秋，经于武，勤于政，试于文，发之于心迹而草成了忝称为诗、文的些许杂篇。不揣浅陋，我把多年来的杂思随想拾积成册，一为收纳，二为忆念，三为七十岁之澄怀。仅以此书，向同人挚友奉上一份心意。

　　本书在策划、编辑和文字集印过程中，得到了文友邵军、林伟和陈茂华等给予的鼎力相助，黄圣凤、邵军悉心撰文作序、题跋，有关挚友对出版发行予以关注和支持，在此一并表示由衷的谢忱！

胡安品

2018 年 4 月